UN NOËL ANGLAIS AVEC JACK

NATASHA BOYD

Traduction par
ISABELLE WURTH

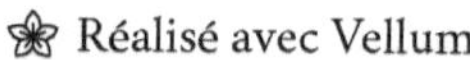 Réalisé avec Vellum

UN NOËL ANGLAIS AVEC JACK
Une nouvelle de la Série Butler Cove
Tome 3
NATASHA BOYD
Traduction française Isabelle Würth

Dans cette nouvelle romantique et piquante, la star de cinéma Jack Eversea décide de braver son histoire avec l'Angleterre et d'emmener l'amour de sa vie, Keri Ann Butler, chez lui, à Noël, pour rencontrer sa mère.

Mais la bonne vieille Angleterre a une influence bizarre sur Jack. Et malgré ces « douze jours de Noël », comme cadeau super mignon, Keri Ann n'arrive pas à savoir si Jack est sur le point de la demander en mariage ou s'il regrette de l'avoir amenée chez lui. Se demande-t-il encore si elle peut supporter quelques paparazzi, ou bien doute-t-il encore de l'engagement de Keri Ann pour leur avenir ?

Le couple magnétique est de retour dans une histoire amusante, parfois poignante, mais aussi super sexy, sur l'acceptation, la construction d'un avenir et comment faire l'amour sans bruit dans une vieille maison grinçante avec votre mère au bout du couloir.

Il s'agit d'une extension de Eversea et Jack pour toujours et le ceci est le tome 3 de la série Butler Cove. Il est fortement recommandé de le lire après les deux premiers tomes.

UN

— OH, MON DIEU, je ne peux pas faire ça, ai-je soufflé alors que la voiture approchait de l'entrée de l'aéroport. La panique me serrait la gorge. Elle paralysait aussi mes membres et avait lancé un *ice bucket challenge* [1]dans mes tripes. Non, vraiment, je ne peux pas.

Les yeux verts de Jack étaient fixés sur moi, lumineux malgré la pénombre de la voiture que nous avions empruntée pour nous rendre à l'aéroport. Il fronçait les sourcils.

— OK, respire, mon ange. Keri Ann, respire.

Bon sang, je croyais avoir dépassé ce stade. Mon anxiété quant au fait que j'étais sur le point d'embarquer pour un vol de douze heures au-dessus d'une étendue d'eau plutôt large et profonde appelée l'Atlantique n'était pas aidée par les circonstances actuelles. Je n'arrivais pas à me faire aux photographes qui essayaient désespérément de prendre une photo de nous ensemble de temps à autre, mais là, il y en avait trois qui se tenaient impatiemment près du comptoir d'enregistrement de l'aéroport international Hartsfield-Jackson d'Atlanta.

Comment faisaient-ils pour toujours avoir une longueur d'avance sur nous ?

Achevez-moi. Tout de suite.

— Je suis désolée d'être aussi timbrée, ai-je réussi à dire, et j'ai baissé les yeux sur ses cuisses fermes dans son pantalon *Rag and Bone* alors qu'il demandait à notre chauffeur de faire le tour des terminaux de l'aéroport. Je te jure Jack, j'ai dû être kamikaze pendant la Deuxième Guerre mondiale ou quelque chose comme ça. J'ai toujours l'impression que ça va être un aller simple où le train d'atterrissage ne sera pas utilisé. Pourquoi ai-je si peur de prendre l'avion ?

Jack a pouffé, et le grondement grave dans sa poitrine m'a fait l'effet d'un médicament contre l'anxiété, il était instantanément apaisant. J'ai fermé les yeux pour laisser ce son m'envahir. Il avait été tellement occupé ces dernières semaines et il m'avait tellement manqué.

Un chauffeur m'avait emmenée en voiture plutôt que de prendre l'avion toute seule pour retrouver Jack avant notre correspondance en Angleterre. Pour rencontrer sa mère ! Même lorsque nous nous étions retrouvés, il semblait préoccupé. Mais l'entendre rire, et au moins essayer de me calmer, ça m'a aidé.

Nous ne nous étions pas vus depuis deux semaines, lui devant retourner à Los Angeles pour des rendez-vous, et moi terminant mon semestre au Savannah College of Art and Design. La voiture qu'il avait commandée pour me conduire à Atlanta en cinq heures l'avait rejoint sur un aérodrome privé au nord de la ville, et nous n'avions pas encore eu l'occasion d'être seuls.

— Tu es sûre que ce n'est pas parce que tu vas rencontrer ma mère ? m'a taquinée Jack.

J'ai soupiré, le souffle court à cause de la tension qui m'envahissait.

Dès que nous avons redémarré, il s'est penché sur moi, m'imprégnant de son odeur de pin et approchant ses superbes lèvres si près que mon cœur a fait un bond. Il a défait ma ceinture de sécurité.

« Viens ici », a-t-il dit, et il m'a attirée brutalement sur ses genoux. Il a fait glisser mon genou sur lui, sa main étant chaude à travers mon pantalon en lin, jusqu'à ce que je sois assise à califourchon. Il m'a serrée contre son corps, nos fronts se touchaient.

C'était un bon moyen de me distraire de l'imminence de mon destin. Je choisirais l'homicide par Jack entre toutes les morts.

J'ai enroulé mes doigts dans les cheveux doux de sa nuque et j'ai passé mes ongles jusqu'à leur racine comme je savais qu'il aimait.

— Attention, a-t-il chuchoté avec un sourire sexy et les yeux brillants. Tu m'as beaucoup trop manqué. Puis ses bras m'ont lâchée pour s'occuper de sa ceinture de sécurité et la tendre autour de nous deux.

J'ai ri doucement alors qu'il grimaçait et grognait pour la mettre en place, me bloquant contre lui.

« La sécurité avant tout. Bon sang, on devrait toujours voyager comme ça avec toi serrée contre moi. »

La voiture a pris un dos d'âne un peu trop vite et nous a fait rebondir. Cela m'a dispensée de répondre.

Oh Seigneur.

— Tu bandes, ai-je couiné et mes entrailles ont pris une tyrolienne sur de la lave bouillante, la chaleur m'envahissant.

Est-ce que le chauffeur m'a entendue tu crois ? ai-je chuchoté embarrassée.

Qu'est-ce que je disais ? Bien sûr qu'il avait entendu.

— Tu as l'air surpris. Tu sais bien que je n'ai aucun contrôle sur mon corps quand tu es là ! Le ton rieur de Jack est redevenu un chuchotement alors qu'il lâchait mon regard et approchait ses lèvres de mon oreille.

J'ai frissonné. *Moi pareil,* ai-je répondu mentalement.

« Sans parler du fait que tu sois pratiquement enroulée autour de moi. Et que tu sois assise sur ma... »

— Monsieur ? l'a coupé le chauffeur, d'un ton neutre comme l'exigeait sa formation. Nous approchons à nouveau du terminal. On s'arrête cette fois ?

J'ai soupiré et me suis retirée à contrecœur, posant mon index sur les lèvres douces de Jack, un tel contraste avec la peau rugueuse autour qui laissait déjà poindre son ombre de barbe.

— Oui, nous allons descendre. Désolée, ai-je dit, sentant que c'était à moi d'affirmer que je me ressaisissais. Et Jack avait réussi à me refaire prendre mes esprits. Comme il le faisait toujours.

Nous avons défait la ceinture de sécurité et j'ai glissé de nouveau sur le côté.

— Ça ne te dérange pas que je rencontre ta mère ? ai-je demandé.

Oh, pourquoi avais-je demandé cela ?

Jack m'a fait un grand sourire alors que la voiture s'approchait à nouveau du trottoir et que le conducteur en sortait.

— Si, bien sûr. Puis il a jeté un coup d'œil par la vitre en enfonçant sa casquette de baseball marron sur sa tête et il a marmonné, « allez, c'est parti ». La portière côté trottoir s'est ouverte, laissant filtrer le bruit des moteurs à réaction et des gens qui bavardaient.

— Jack ! Une voix masculine l'a appelé. Il s'est glissé dehors et le chauffeur a refermé la portière derrière lui, me laissant un moment de paix avant qu'il ne vienne me chercher. J'ai eu quelques secondes pour mettre mes grosses lunettes de soleil et me calmer. J'ai fait un rapide tour d'horizon de ma tenue : mon T-shirt *Snapper Grill* porté par nostalgie et mes Converses rouge vif, et j'ai regardé si je n'avais pas de taches ou tout ce qui pourrait m'embarrasser. Tout allait bien.

Mon Dieu, cette vie. Les huit derniers mois avaient été terribles, depuis que Jack et moi avions fait la une des tabloïds avec l'affreuse histoire d'Audrey Lane, prétendant que les tromperies de Jack lui avaient fait faire une fausse couche. J'étais incroyablement heureuse parce que Jack et moi étions ensemble, mais c'était dur d'essayer de commencer des études tout en vivant pratiquement sous un microscope. Jack avait raison cependant. La fièvre des tabloïds n'avait duré qu'un temps, puis ils s'étaient ennuyés quand Jack n'était pas là. Toute seule, je n'étais pas aussi intéressante pour eux. Dieu merci. Mais quand nous étions ensemble ? C'était une autre histoire.

Il avait été difficile de se faire des amis à l'université parce que tout le monde chuchotait sur moi. Mais quand la fureur des tabloïds s'est enfin calmée, et après qu'on m'ait assigné un groupe d'étude et que j'aie pu faire connaissance avec certains de mes camarades en tête-à-tête, c'était mieux.

La portière s'est ouverte et Jack m'a tendu la main. Nous nous sommes dépêchés, nous arrêtant un instant côte à côte avec de grands sourires pour nous faire prendre en photo. Notre chauffeur nous a précédés, après avoir remis nos bagages au porteur de l'aéroport, et il s'est frayé un chemin en laissant le petit groupe de photographes derrière lui. Il était réconfortant de savoir qu'il avait reçu une formation de garde du corps. À l'intérieur du terminal, nous avons été conduits directement à l'enregistrement pour l'équipage et avons retrouvé un assistant personnel de la compagnie aérienne. Jack et moi avons serré la main de notre chauffeur et l'avons remercié, puis nous nous sommes précipités dans un couloir vide de l'aéroport, laissant nos bagages pour qu'ils soient contrôlés et enregistrés à part. Il était ironique que je n'aie jamais pris un vol régulier comme la plupart des gens. Ma première expérience en avion avait été un jet privé avec Jack, et maintenant « on allait voyager sur un avion de ligne » comme Jack avait dit, et je savais que ce n'était pas la procédure par laquelle la plupart des gens passaient.

Il a enroulé une main autour de ma taille, m'attirant vers lui pendant que nous avancions. Peu après, nous sommes arrivés devant une double porte de sécurité où une femme d'âge moyen, à l'air efficace et portant l'uniforme de la compagnie aérienne, nous a accueillis et m'a remis mon sac à main et nos passeports. Les portes donnaient sur une zone publique où une foule de voyageurs pressés marchaient ou couraient dans toutes les directions.

— Je suppose que nous avons évité la sécurité, ai-je murmuré à Jack.

Nous avons sauté dans une sorte de voiturette de golf. Elle a émis un signal sonore, indiquant aux gens de s'écarter, ce qui a attiré quelques regards curieux. Jack a fait semblant de regarder les pages de son passeport pour ne pas regarder en l'air, et le bord de sa casquette cachait en grande partie son visage. C'était un pro à ce petit jeu.

Nous sommes passés devant des gens, des portes, et un

kiosque à journaux où j'aurais aimé m'arrêter pour acheter un livre. Enfin, nous avons emprunté un couloir tapissé de moquette. Ici, deux grandes portes en verre dépoli indiquaient un salon de première classe. Mais nous ne nous sommes pas arrêtés. Nous avons fait trois mètres de plus jusqu'à une porte blanche plus petite et discrète. J'ai levé un sourcil en regardant Jack d'un air interrogateur.

— Salon VIP. Plus d'intimité, a-t-il chuchoté.

Plus VIP que première classe ? Pas de problème.

* * *

JACK M'A TENDU un paquet en forme de grosse brique qu'il avait sorti de son sac à dos. Pas assez long pour être une boîte à chaussures et plus lourd que ça. Il était emballé dans du papier rouge, les extrémités mal pliées et irrégulières, épaisses, car pliées trop de fois sur elles-mêmes, et scellées par beaucoup trop de ruban adhésif.

— Est-ce que c'est Katie qui a emballé ça pour toi ? ai-je demandé, juste pour voir sa réaction.

Nous étions assis dans deux fauteuils club, dans un coin du salon partiellement masqué par un écran opaque. Je venais de manger du saumon fumé sur des toasts miniatures et je sirotais mon deuxième verre de champagne que Jack avait insisté que je prenne pour me détendre. Et personne ne nous avait dérangés depuis qu'on nous avait offert des rafraîchisse-ments, ce qui en soi était un miracle. Nous étions séparés depuis des semaines, mais je n'avais pas l'impression que nous étions assez seuls pour commencer à rattraper le temps perdu.

— Quoi ? C'est les pliures parfaites et l'absence d'excès de papier qui te font dire ça ? a-t-il ricané en roulant des yeux, sa fossette faisant une apparition.

J'ai ri doucement.

— De toute façon, il reste neuf jours avant Noël. Pourquoi tu me donnes mon cadeau si tôt ?

— Ce n'est pas ton seul cadeau. Nous entrons dans les douze jours de Noël[2]. C'est ton cadeau du premier au troisième jour, puisque je ne t'ai pas vue avant aujourd'hui.

J'ai froncé les sourcils. Intriguée. Trois cadeaux en un ?

— Dépêche-toi, a dit Jack, impatient. Je lui ai fait un sourire, amusée par son attitude de petit garçon.

— Je pense que tu es plus excité par ce cadeau que...

— Ouvre-le !

— OK, OK. J'ai ri et déchiré une extrémité pour dévoiler ce qui ressemblait à trois livres à couverture rigide empilés ensemble, puis j'ai rapidement tiré sur le reste du papier. La surprise et l'émerveillement ont arrêté mes mains alors que je fixais la couverture du premier livre relié. *Guerriers d'Erath : Dream Warrior*. La couverture était l'original. *Attendez*. J'ai rapidement jeté un coup d'œil à Jack pour voir son visage se transformer en un énorme sourire de satisfaction. Il avait l'air détendu, avec son T-shirt noir, ses solides avant-bras reposant sur les accoudoirs du fauteuil, ses longs doigts tambourinant sans cesse, indiquant son impatience. Baissant de nouveau les yeux, j'ai ouvert le livre et j'ai feuilleté les premières pages jusqu'à ce que je trouve ce que je cherchais.

Première édition. 10-1

J'ai laissé échapper une exclamation.

— Haan ! ai-je dit sous le choc. Je l'avais toujours voulue et j'avais constamment traqué eBay à cette fin. Une première impression d'une première édition. J'ai dégluti, soudain boule-versée. Merci. Comment est-ce que tu as pu...

— Attends, continue. Tourne la page, m'a-t-il dit, alors que j'allais les mettre de côté et le remercier comme il se doit avant même de regarder le livre suivant de la pile.

J'ai rouvert le livre, mes yeux se posant sur la page du titre.

À Keri Ann, la fille qui a capturé le cœur du vrai guerrier des rêves : Continuez à croire en vos rêves. Vos rêves croient en vous. Cordialement, JM Burke

Le message s'est brouillé alors que mes yeux se remplis-saient de larmes.

« Oh, mon Dieu, ne pleure pas », a chuchoté Jack avec sérieux. Il m'a pris les livres des mains et les a posés au sol. Il m'a hissé sur ses genoux, où je me suis laissé faire de bon gré.

Enfouissant mon visage humide dans son cou délicieux, je me suis mise en boule, remontant aussi mes genoux et maudis-sant mon cœur ridiculement sentimental.

— Désolée, ce sont des larmes de joie, ai-je murmuré contre sa peau chaude, suivi d'un baiser à l'endroit doux sous son oreille. Je l'ai serré fort, son corps dur et chaud sous mes mains, et je me suis concentrée sur les battements de son cœur, le pouls dans sa gorge. Je t'aime tellement, ai-je chuchoté. C'était peu dire. J'ado-rais ce mec. Je l'aimais de tout mon être. Mon cœur se gonflait tellement quand je m'autorisais à penser à lui, à nous, que c'était physiquement douloureux. Dans le bon sens du terme.

Un petit frisson l'a parcouru, et ses mains se sont resserrées sur moi. Il a baissé la tête.

— J'ai hâte d'être vraiment seul avec toi, de te serrer dans mes bras toute la nuit.

— Moi aussi. Et je pourrai te montrer à quel point j'aime

mes cadeaux, lui ai-je chuchoté à l'oreille, en retenant un sourire parce que je savais ce qui allait se passer.

Jack a émis un faible grognement et a remué sous moi.

— Sorcière.

Je me suis retirée en gloussant et j'ai pris son visage dans mes mains. Ses yeux ont fixé les miens. Nous n'avons rien et tout dit à la fois.

DEUX

$\mathcal{P}$OUR UNE RAISON quelconque, j'avais eu l'impression d'échapper à la folie en quittant l'Amérique. Et dans le cocon silencieux de la première classe, chacun d'entre nous ayant son propre lit, bien que Jack soit venu se blottir contre moi pendant que nous regardions un film, j'avais oublié que nous volions dans un tube d'acier à trente mille pieds au-dessus de l'océan. J'ai succombé au bourdonnement insouciant des moteurs et à la forme chaude de Jack dans mon dos et je me suis endormie. Ce n'est que lorsqu'il m'a doucement secouée pour me réveiller une heure avant l'atterrissage qu'il m'a parlé des paparazzi en Angleterre.

— Hé Keri Ann chérie, réveille-toi. Ils vont nous demander de nous redresser pour l'atterrissage. Prends ton petit-déjeuner.

— Je ne peux pas manger maintenant, il est… deux heures du matin, ai-je grommelé en regardant ma montre à travers des yeux mi-clos. J'ai tiré la petite, mais confortable couette blanche de la compagnie aérienne sur ma tête et j'ai senti Jack rire à côté de moi alors qu'il grimpait sur mon lit.

— Il est sept heures et demie ici, nous devons changer l'heure de ta montre. Il a soulevé la couverture pour pouvoir glisser sa main sur mon ventre, me faisant soupirer de plaisir dans mon demi-sommeil. Demain, a-t-il chuchoté à mon oreille, je pourrai te réveiller avec plus de motivation.

— Quoi ? Avec un vrai croissant aux amandes de *Prêt à manger* ? ai-je plaisanté, ignorant délibérément son sous-entendu sensuel. J'en avais eu un en octobre, quand Jack et moi avions passé un week-end à New York. Le fait de savoir qu'il s'agissait d'un produit importé de Londres m'avait donné envie d'en manger un original dès que nous aurions atterri.

Jack a éloigné mes cheveux de mon visage.

— Nous allons t'en trouver un dès que possible, je te le promets. Pour l'instant, il faut que tu te réveilles, et nous devons parler de ce que nous risquons d'affronter à la sortie de l'avion.

J'ai gémi.

— Vas-y. Je descendrai de l'avion incognito plus tard, et tu pourras venir me chercher.

Il est resté silencieux si longtemps que j'ai finalement ouvert les yeux et roulé vers lui.

La tête posée sur sa main, le coude appuyé, Jack me regardait avec ses yeux gris-vert dans la lumière étrange de l'avion. Ses cheveux étaient en désordre, et j'ai tendu la main pour les lisser. « Je suis désolée, ai-je chuchoté. Je ne voulais pas dire ça. Je serai à tes côtés. »

— Je sais que c'est difficile pour toi. C'est pas grave si tu veux faire comme ça.

— Non. Qu'est-ce qu'on doit faire ? J'ai l'impression que je vais tout faire foirer si on n'y va pas ensemble.

— Allez, lève-toi. Je vais leur demander de t'apporter un

petit-déjeuner pendant que tu te rafraîchis, sans salle de bain, puis je t'expliquerai tout.

Il a déposé un baiser persistant sur mes lèvres et un plus court sur le bout de mon nez, puis s'est détaché de moi.

On nous a fait descendre de l'avion en premier, et comme pour notre départ, nous avons été accueillis par un représentant de la compagnie aérienne qui nous a escortés jusqu'à la file pour les équipages et les passeports diplomatiques. On s'est occupé de nos bagages qui nous seraient livrés plus tard dans la journée. Jack a gardé sa casquette et ses lunettes, mais elles étaient tellement reconnaissables que tout le monde le regardait quand même.

La partie la plus difficile était d'entrer dans le hall des arrivées. Ouais. Des photographes. Beaucoup de photographes, et beaucoup de flashs. Et des questions obscènes et grossières.

Une voix, un accent britannique fort et guttural, peut-être Cockney, bien que je ne sois pas familière avec les différents accents, nous agressait dans un flot incessant de questions sur les frasques de Jack la dernière fois qu'il était ici et si cela me dérangerait s'il recontactait quelques anciennes petites amies. Jack était tendu comme un élastique à côté de moi tandis que nous marchions rapidement, tête baissée, en suivant le représentant qui était maintenant rejoint par un type trapu en costume que Jack semblait connaître. J'ai supposé que c'était notre chauffeur, et un agent de sécurité. Ils étaient de chaque côté, pour nous guider. C'est lorsque ce type affreux a hurlé quelque chose sur nous comme quoi la serveuse avait un (quelque chose de trop grossier pour être mentionné) magique, que j'ai senti Jack presque craquer. Il a sifflé entre ses dents, m'a serrée contre lui et s'est arrêté.

C'était si brusque que j'ai trébuché et nous avons pris une pause maladroite. La foule s'est soudain calmée.

— Respire, ai-je chuchoté. S'il te plaît, sors-nous d'ici. Les lèvres de Jack étaient serrées, mais une fraction de seconde plus tard, il a hoché la tête, et nous avons continué à avancer.

Nous sommes finalement sortis dans un vent matinal d'un froid mordant et avons plongé dans l'intérieur en cuir chaud d'une Range Rover noire.

— OK, donc cette voiture derrière nous va arrêter ceux qui nous suivent, et nous échangerons nos voitures dans le parking. Ou du moins, c'est ce qu'ils pensent, m'a informé Jack alors que je redressais mon cou pour regarder. Effectivement, une berline noire s'est garée derrière nous et nous a suivis jusqu'à l'entrée du parking où elle s'est arrêtée sur le côté, empêchant quiconque de nous suivre. Nous sommes entrés dans le parking et nous nous sommes garés à côté d'une version argentée de la même voiture, avec des vitres teintées. Le conducteur est sorti et s'est dirigé vers nous pour faire comme s'il ouvrait les portières arrières. Ne bouge pas, m'a dit Jack.

On avait probablement l'air de changer de voiture si quelqu'un était capable de voir depuis l'entrée, ce dont j'étais sûre.

— Je ne comprends pas pourquoi on ne le fait pas vraiment. La plupart d'entre eux pensent sûrement que nous sommes partis dans une voiture noire. Ne vont-ils pas continuer à suivre celle-ci ?

— Ils se parlent tous entre eux. Ils se coordonnent pour la plupart, même s'ils sont en compétition. C'est un sport national ici, pire que dans n'importe quel autre pays. Ils vont d'abord coopérer puis se battrons à couteaux tirés pour les photos. À ce stade, ils essaient juste de savoir où nous allons en envoyant une seule « voiture suiveuse » pour pouvoir prendre des photos plus tard. C'est la voiture suiveuse que je veux éviter.

J'ai dégluti et regardé par la vitre l'entrée du parking. C'était de la folie. Je pensais que c'était déjà dingue chez nous. Lorsque j'ai senti la main chaude de Jack sur ma joue, j'ai détourné les yeux de la vitre arrière pour le regarder. Il avait enlevé ses lunettes de soleil et m'a doucement enlevé les miennes.

« ça va ? » m'a-t-il demandé.

J'ai hoché la tête et me suis penchée vers sa main.

— Et toi ?

Il a soupiré.

— Oui. Non. Bon Dieu, je déteste cet endroit. Sa main a quitté mon visage et il s'est penché vers l'avant. Le chauffeur est remonté et nous avons commencé à rouler.

— Bienvenue, M. Eversea, a dit le chauffeur d'un ton curieusement amusé. Il devait avoir la trentaine, était corpulent et il avait du gel dans ses cheveux bruns.

— Nigel, quand vas-tu commencer à m'appeler Jack ?

Soudain consciente de la délicieuse odeur du café chaud, je me suis penchée en avant en inspirant bruyamment.

— Du café ? Ah ça c'est cruel !

Les épaules de Jack se sont détendues et il a gloussé.

— Nigel. C'est...

— Keri Ann, je sais. Ravi de vous rencontrer, enfin. Je vois que ce garçon a finalement récupéré son cœur. Nigel a relevé la tête et m'a fait un clin d'œil dans le rétroviseur.

Je me suis tournée pour regarder Jack et il a regardé Nigel, évitant ma question silencieuse.

— Non, elle l'a toujours. Il lui appartient. Je ne pense pas que je vais le récupérer de sitôt.

— Ah bon ? Au moins elle est à côté de toi et pas à l'autre bout du monde.

J'ai croisé les bras, amusée.

— Je suis juste là, les gars. Je ne suis pas un mannequin de cire.

En faisant la moue, j'ai fait semblant d'être contrariée, mais j'étais ridiculement heureuse que Jack ait parlé de moi la dernière fois qu'il était ici, alors que je pensais qu'il était passé à autre chose et m'avait oubliée.

— Grincheuse, a dit Jack pour me taquiner.

— Si on ne s'arrête pas bientôt pour prendre un café, Nigel va voir à quel point je peux être grincheuse.

Nigel a tendu sa main gauche et remonté un récipient.

« Oh mon Dieu, ai-je couiné. C'est du café pour moi ? Je vous aime Nigel ! » Je me suis penchée vers l'avant et j'ai pris avec précaution le récipient et les deux tasses en carton qu'il me tendait.

— Elle est gentille quand ça l'arrange celle-ci ! a dit Nigel à Jack en riant.

J'ai tendu un gobelet à Jack et pris celui où il était inscrit « lait, deux sucres ».

— Merci à tous les deux, ai-je soufflé, touché que Jack ait même dit à Nigel comment j'aimais mon café. En prenant une gorgée prudente, je me suis penchée en arrière et j'ai fermé les yeux, savourant le goût. J'ai toujours aimé le café, mais je suis devenue un peu accro depuis que j'ai commencé l'université et que je dois travailler à des heures indues pour avoir du temps pour mes projets artistiques.

Le décalage horaire avec l'Angleterre était horrible. Mes jambes étaient comme du plomb. « Je pourrais dormir pendant une décennie », ai-je marmonné en soupirant.

Jack s'est approché et a lissé mes cheveux sur ma tempe.

— Il faut qu'on essaie de rester éveillés jusqu'à ce soir, sinon le décalage horaire va nous être fatal, et ce sera pire demain.

— Je suppose que vous vous connaissez tous les deux depuis un certain temps ? ai-je demandé, en regardant Jack et Nigel.

Peut-être que Jack utilisait le même chauffeur pour tous ses voyages ici ?

— En fait je connais cet avorton depuis qu'il a huit ans, a répondu Nigel en pouffant. Mais je n'ai découvert qu'au début de l'année qu'il était devenu un gros bonnet d'Hollywood. Je travaille pour un service de voitures depuis environ sept ans maintenant et je revenais de vacances en janvier dernier, chez ma tante, et elle me dit, « tu te souviens du petit William et de sa mère qui étaient venus vivre avec nous il y a si longtemps ? Tu ne devineras jamais ce qu'il est devenu. J'ai dit, « Ne me dis pas... un vendeur de voitures ». Elle me fait, « essaie encore » et j'ai continué comme ça pendant au moins vingt minutes, pas vrai ?

Il a regardé dans le rétroviseur et changé de voie.

J'ai jeté un coup d'œil à Jack avec un sourire amusé et il m'a fait un clin d'œil.

— Est-ce qu'il parle de Mme Eversea dont tu as emprunté le nom ?

Jack a hoché la tête.

Nigel a poursuivi.

— Ensuite, elle me fait « tu brûles, tu refroidis ». Oh, là, là, je dis. Le satané lièvre de Pâques, je sais pas, moi.

J'ai éclaté de rire et Jack a ricané.

« Dis-le-moi tout de suite, je commence à m'énerver, tu vois ? Elle me dit, ... eh bien, c'est ce type qui est dans les films, tu sais? Il imitait la voix aiguë de sa tante. Alors je lui dis, « mais, tantine, tu peux pas réduire un peu la liste ? Elle dit, « tu sais, celui sur les rêves et les frères jumeaux, c'est des genres de gladiateurs, mais non en fait. Tu sais bien. » Et bon sang, si je ne le savais pas. Jack Eversea ?! je dis, comme s'il lui manquait une case. Mais c'est un Yankee, je dis. C'est ton surnom, au fait. Tu parles d'une coïncidence ! J'ai pensé qu'elle avait fini par perdre la tête, j'te jure. »

Jack a rigolé.

— En fait, je savais que le neveu de Mme Eversea était chauffeur pour un service de voitures et j'avais besoin de quelqu'un en qui je pouvais avoir confiance. Donc... nous y voilà.

— Ouais. Nous y voilà, a dit Nigel en écho. Même si ce n'est pas un supporter d'Everton comme moi. On n'est jamais *trop* parfait, n'est-ce pas ?

Jack a levé les yeux au ciel avec bonhomie.

— Everton ? ai-je demandé.

— Un club de football, de Liverpool, a ajouté Jack, puis il a regardé Nigel. Curieusement, j'ai entendu dire que les gens les appellent *Eversea*, maintenant que vous avez acheté tous ces joueurs de Chelsea. Vous n'avez pas assez de talents chez vous alors ?

Nigel a donné un petit coup de frein.

— Tu ferais mieux de surveiller ton langage, William, ou je te balance sur le bord de la M25, a répondu Nigel en utilisant le vrai prénom d'enfance de Jack.

— C'était petit, Nigel. Fais gaffe ou je parle à ta tante de...

— D'accord, d'accord, a grogné le chauffeur.

La brume et le crachin du matin empêchaient de voir grand-chose au-delà de l'autoroute, même si j'apercevais des champs verts et une rangée de maisons jumelées ici et là.

— Alors, qu'est-ce qu'on fait ? On va directement chez ta mère ?

Un panneau indiquait que nous quittions la M25 et prenions une sortie vers la M4. La brume se dissipait par endroits. C'était vrai que tout était vraiment vert en Angleterre. C'était un vert humide et profond, d'autant plus éclatant qu'il se détachait d'un ciel gris et couvert.

— On ira demain. J'ai demandé à Nigel de nous emmener au Four Seasons dans le Hampshire.

Nigel s'est éclairci la gorge.

— Tu sais qu'elle vous attend.

— Je sais.

Je me suis retournée pour avoir une meilleure vue de ma superstar de petit ami. Comment pouvait-il être aussi beau après avoir voyagé pendant vingt-quatre heures ? Il devait pourtant être fatigué.

— Allons-y, Jack, ai-je dit tout bas. Je savais que sa mère devait être très impatiente de le voir. En plus, si on reste à l'hôtel, on a plus de chances d'être repérés et on pourrait accidentellement les mener à ta mère quand on partira demain.

Jack a posé une main au-dessus de mon genou, la chaleur irradiant jusqu'à ma peau. Il s'est penché près de mon oreille, son souffle titillant mes nerfs et me donnant des frissons.

— Mais tu m'as manqué, a-t-il chuchoté. Et il y a des choses que je veux faire avec toi qui vont probablement te faire crier.

La réaction de mon corps a été instantanée et irrésistible. J'ai jeté un coup d'œil à Nigel sur le siège conducteur. Il ne faisait pas attention, Dieu merci. S'il avait levé les yeux à ce moment-là, il aurait vu une fille dont le sang battait à tout rompre, provoquant des rougeurs sur sa figure et des yeux vitreux. Je me suis tortillée sur le siège et j'ai serré les lèvres pour éviter d'émettre le moindre son, ce qui a provoqué un gloussement de Jack.

« Tu vois ? » Il a arqué un sourcil insolent, m'a lancé un regard taquin, mais enflammé et sa main est remonté lentement le long de ma cuisse.

J'ai plissé les yeux. *Arrogant*, ai-je dit dans ma tête. *Confiant*, retorquaient ses yeux verts. Quoi qu'il en soit, je pensais toujours que nous devions aller directement là-bas.

Nigel a changé de direction et nous avons discuté ensemble alors que le véhicule avalait les kilomètres.

J'étais nerveuse à l'idée de rencontrer la mère de Jack, mais une partie de moi était impatiente. J'espérais juste qu'elle m'apprécierait.

« Elle va t'adorer. Arrête de t'inquiéter », a dit Jack.

— Je ne m'inquiète pas.

— Si, a-t-il dit, et il a passé son pouce sur ma lèvre inférieure, la libérant de l'emprise de mes dents. Je me suis renfrognée.

— Je ne m'inquiète pas, je suis sous l'emprise de la caféine, j'ai à peine dormi, je suis au bord de l'évanouissement, et j'ai faim.

— Au bord de l'évanouissement ? a demandé Jack, ne voyant pas comment j'avais glissé ça là. Il n'avait pas besoin de savoir ce qui se passait dans mon corps à chaque fois que je le voyais.

— C'est une longue histoire, ai-je marmonné.

Jack m'a fait un sourire malicieux.

— Tu veux ton cadeau du cinquième jour des douze jours de Noël ?

— Tu as un cadeau sur toi en ce moment ?

— Euh, bien sûr.

— Attends, sans vouloir être une enfant gâtée, qu'est-ce qui est arrivé au quatrième jour ?

Jack a fait un clin d'œil et a haussé les épaules.

— C'était moi. Ma présence est ton présent et tout ça.

Roulant des yeux, j'ai secoué la tête en riant. Nigel a fait de même. Jack a brièvement frotté ses mains l'une contre l'autre et s'est penché pour prendre quelque chose que Nigel lui tendait.

« Cinquième jour. Quelque chose dont tu avais envie, à part moi... » a-t-il ajouté.

J'ai laissé échapper un grognement.

Une boîte. Une boîte blanche de pâtisserie avec un logo rouge familier dessus.

Ooooh, le paradis.

— Oh mon Dieu, si c'est ce que je pense que c'est... lui prenant doucement la boîte des mains, je l'ai posée sur mes genoux et j'ai ouvert le couvercle pour voir des croissants dorés, parfaitement feuilletés, saupoudrés d'amandes grillées et de sucre en poudre. C'était bien ce que je pensais.

— Mmmm, ai-je dit en inspirant. Merci. J'en ai offert un à Jack, et à Nigel, puis j'ai fini par mordre dans un, sentant le feuilleté moelleux céder sous mes dents et la garniture chaude aux amandes du croissant frais beurré entourer mes papilles. C'était si bon. J'ai laissé échapper un long et profond gémissement.

En ouvrant les yeux, j'ai vu Jack qui me fixait, les yeux sombres. J'ai mâché rapidement et j'ai avalé.

— Quoi ?

— Nigel ? Il a haussé la voix, sans me quitter des yeux.

— Oui, monsieur ?

— Tu as de la musique à mettre ? Je suis sur le point de

bécoter ma copine, et je doute que tu aies envie de nous écouter.

— Jack ! Une chaleur gênante a fait monter le sang à mes joues.

— Oh mon Dieu, a gloussé Nigel. On dirait que vous ne vous êtes pas encore vus alors que vous êtes arrivés ensemble.

— Euh, nous ne nous sommes pas vus techniquement, a dit Jack avec un sourire en coin, ses yeux se posant sur mes lèvres. J'étais en Californie, et Keri Ann était occupée à l'université de Savannah.

— Ah. De l'autre côté du pays, c'est ça ? D'accord. Je vais mettre du Coldplay.

— Fais ça. Mets-le fort.

J'ai regardé Jack, mortifiée, mais avec une pointe d'excitation qui tourbillonnait dans mon bas-ventre.

— Relaxe, ma belle. Bécoter c'est juste de l'argot pour embrasser. Il s'est penché en avant et a enlevé la boîte de mes genoux pour la poser sur le sol avant de glisser sa main dans mes cheveux. Avec la langue, a-t-il ajouté.

QUAND JACK m'embrassait, c'était comme si une mélodie me traversait. L'approche d'un refrain qui vibrait dans mon sang et battait dans ma poitrine, mon corps ne faisant qu'un avec cette résonance tandis que la mélodie prenait de l'ampleur, étape après étape, comme une chanson que l'on ressent plus qu'on ne l'entend.

Je ne goûtais pas seulement les saveurs d'amandes douces et de café sur sa langue, qui se distinguaient de la saveur unique de Jack. J'étais dans la cathédrale de Jack. Sa présence m'entourait d'une architecture parfaite pour accueillir le désir brûlant qu'il créait à chaque glissement de sa langue et à chaque pression de ses mains me retenant à lui, ce désir s'élevant et flottant autour de moi jusqu'à ce que j'en tremble. Et que je vole à ses côtés.

— Bon sang de bois, vous ne pouvez pas baisser un peu le ton ? La voix de Nigel a fendu la musique comme l'aiguille d'un tourne-disque. Ce n'est pas une de ces voitures de luxe, je ne peux pas juste lever la cloison et arrêter ce foutu bruit. Vous croyez que la musique est suffisante ?

Ma poitrine s'est gonflée, et Jack a émis un rire rauque.

« De toute façon, a ajouté Nigel en secouant la tête, nous sommes arrivés. Alors, redressez-vous et pensez à l'Angleterre. Le pays vert et glorieux. »

J'étais dans un livre de contes. Il y avait des champs à perte de vue dans le matin gris et brumeux, avec des murets de pierre et de petits bosquets squelettiques d'arbres dénudés en version hiver ici et là. La voiture avait quitté l'autoroute pour emprunter une étroite route goudronnée qui traversait un village composé d'un pub, *The Goat in Boots*, d'un ou deux autres commerces, d'une petite église et d'une « boîte aux lettres » cylindrique rouge vif et brillante. Des couronnes de Noël et des guirlandes de pin ornaient les portes et les lampadaires. Puis le « village » a disparu et les champs s'étendirent à nouveau.

En montant une petite colline, nous avons ralenti devant une brèche dans le mur de pierre avec un panneau en bois qui indiquait « The Grange ». Nous avons tourné et roulé le long d'une allée de gravier sinueuse, bordée de haies stratégiquement hautes, jusqu'à ce que nous arrivions devant un joli bâtiment rectangulaire à deux étages, mais de petite taille. Je ne pouvais pas déterminer le type de maçonnerie, pas tout à fait de la pierre ou de la brique, mais pas non plus du stuc ; elle était de couleur brun fauve. Un enchevêtrement sauvage de branches épineuses couvrait la majeure partie d'une moitié de la façade et s'étirait autour du cadre de la porte.

— Des roses, a dit Jack. Elles sont incroyables quand elles fleurissent.

Je n'en doutais pas. L'endroit était si joli malgré la journée exécrable et l'impression d'hiver rude. Une grande couronne de sapin avec un nœud rouge était accrochée à la porte en bois qui s'est ouverte d'un coup.

Une petite dame mince, aux cheveux foncés et brillants, vêtue d'un jean, de bottes en caoutchouc vertes et d'un pull en laine crème, est sortie en trombe de la maison, la bouche grande ouverte sur un énorme sourire.

Jack m'a serré la main, puis a ouvert la portière et est sorti juste à temps pour attraper la femme dans une étreinte aérienne qui l'a fait basculer sur le côté dans son élan. Sa « maman ».

J'ai souri devant son excitation et au son du rire joyeux de Jack, tandis que mon cœur battait la chamade. L'air froid et humide a frappé mes bras nus alors que je me glissais sur la banquette pour sortir après lui.

Il a posé sa mère et s'est retourné vers moi, me tendant la main. Son sourire était le plus beau des spectacles. Il était clair qu'il adorait sa mère. J'ai jeté un coup d'œil nerveux sur elle en sortant.

— Maman... Jack semblait avoir perdu ses mots. On semblait tous bloqués dans le moment.

J'AI DÉGLUTI NERVEUSEMENT quand elle m'a regardée. Exactement ma taille, ses yeux étaient comme ceux de Jack, mais plus foncés, et elle était absolument magnifique. Elle ressemblait tellement à Jack, mais en plus doux. Son visage arborait de pâles rides d'expression et des pattes d'oie au niveau des yeux qui me disaient qu'ils se plissaient souvent. Ses cheveux bruns étaient brillants et doux.

Puis elle a pris ma main et m'a serré dans ses bras. L'odeur de la cuisine chaude et des épices de Noël m'a entourée, son pull-over était doux sous mes doigts, et j'ai fermé les yeux devant la soudaine montée d'émotion - le soulagement et l'amour pour une dame que je n'avais jamais rencontrée auparavant ont inondé mon organisme. Après un moment, nous nous sommes séparées, et elle m'a tenue à bout de bras.

— Keri Ann, a-t-elle dit avec un accent britannique étonnant, et j'ai eu envie de fondre. C'est un plaisir de te rencontrer. Je m'appelle Charlotte.

— Enchantée. J'ai souri, les yeux larmoyants et les mains tremblantes dans la brume matinale.

Jack, souriant, a pris ma main, entrelaçant ses doigts avec les miens.

La fatigue et l'absence de vêtements chauds m'ont fait frissonner dans la froideur du matin d'hiver.

— Seigneur, il gèle, et vous êtes tous les deux en T-shirt. Où diable sont vos bagages ? Dépêchez-vous d'entrer. Allez vous asseoir près de la cuisinière et réchauffez-vous, et nous prendrons un thé. Je n'arrive pas à croire que vous soyez venus directement ici ! Je suis ravie. Entrez. Elle a tendu la main vers la maison puis s'est tournée vers Nigel qui attendait en silence près de la voiture après avoir sorti nos bagages à main. Bonjour Nigel chéri. Tu restes pour prendre le thé ? Maintenant que nous avions eu une fraction de seconde de silence gênant, Charlotte semblait rattraper le temps de parole perdu.

Jack a lâché ma main et passé son bras autour de mes épaules. Il m'a serrée contre lui, a embrassé le sommet de ma tête et m'a guidée vers la porte d'entrée.

— Viens. Il était absolument rayonnant de joie, et je me suis blottie dans son rayonnement et l'ai laissé me conduire dans une autre partie de sa vie.

Jack a dû se baisser légèrement pour franchir la porte d'entrée du cottage.

— Les gens étaient beaucoup plus petits dans le temps, ai-je supposé. De quand date cet endroit ?

Le sol en dalles était usé et irrégulier, ondulant même en creux lisses qui avaient presque la forme d'un bol. L'odeur de cire à bois et d'imperméable en coton ciré nous attendait juste à l'intérieur, et les murs étaient un mélange de panneaux de bois luisants par endroits et de plâtre blanchi à la chaux ailleurs.

— Je ne sais pas. Quelques centaines d'années peut-être ? C'était une ferme. Elle l'est toujours, si on compte les poulets de ma mère et son jardinage. La plupart des champs qui allaient avec cette maison ont été vendus aux fermes environnantes.

En avançant plus loin dans la faible lueur de l'intérieur, l'odeur s'est transformée en quelque chose de délicieusement comestible, de cannelle épicée et de clou de girofle. L'éclairage provenait de quelques fenêtres en verre plombé et de quelques lampes, car il ne semblait pas y avoir de plafonniers. J'avais presque remonté le temps. L'intérieur était si confortable et réconfortant que j'avais l'impression de m'être glissée dans une magnifique couverture chaude au terme d'une randonnée glaciale. Jack m'a conduite dans un petit couloir jusqu'à une grande cuisine spacieuse qui était plus claire que la partie avant de la maison. Le mur du fond était constitué d'une série de fenêtres, manifestement plus récentes, mais conformes au style de la maison. Une grande table de ferme remplissait la pièce. De l'autre côté de la table se trouvait la source de chaleur : une cuisinière Aga à l'ancienne, avec une finition couleur crème se tenait fièrement contre le mur du fond.

— Waouh ! ai-je dit, en lâchant la main de Jack et en faisant le tour de la table. Je pense qu'elle est d'époque. Et la source de la délicieuse odeur de Noël, me semblait-il.

— Elle y ressemble. Mais je l'ai achetée pour Maman l'année dernière quand l'ancienne a fini par lâcher. Elle a d'abord refusé. Elle ne voulait pas que je dépense tout ça pour elle. Mais, j'ai gagné, a-t-il ajouté en souriant.

— Elle est magnifique.

Pour les avoir regardées sur Internet ces dernières années en rêvant de la rénovation de la maison familiale Butler, je savais comme elles étaient chères. J'ai vu la bouilloire sur le côté et je l'ai placée sur le brûleur le plus proche de moi.

Jack a fait le tour de la table et s'est posté juste derrière moi. Ses mains se sont posées sur ma taille, puis ont glissé autour de mon ventre.

Il a laissé sa tête tomber sur mon épaule.

— Merci, a-t-il soufflé.

— Merci ? ai-je demandé en repliant mes bras sur les siens pour le maintenir contre moi tandis que je reposais ma tête contre lui.

— De nous avoir fait venir directement ici. Il a tourné son visage et pressé sa bouche sous mon oreille, me faisant frissonner. D'être avec moi, tout simplement. De faire tout ça avec moi. D'être toi. Ses lèvres ont à nouveau trouvé ma peau et sa voix était rauque.

— Eh bien, merci à toi aussi. Merci de m'avoir amenée ici. Ta mère, elle est... J'ai dégluti, luttant contre une boule dure qui semblait soudain coincée dans ma gorge. Mes yeux me piquaient. Eh bien, c'était une mère. Sa mère. Elle adorait son enfant.

Et elle m'aimait parce qu'il l'aimait.

Et franchement ? L'amour et la beauté semblaient juste rayonner d'elle. Je n'avais pas réalisé à quel point le sentiment d'être aimée comme ça par une mère, ou une grand-mère, que j'adorais et respectais, me manquait. Cela m'a soudain prise par surprise. La nostalgie, pas tant de ma propre mère que de Nana, m'a envahie. Mais ma mère me manquait aussi, à cet instant. J'ai serré les bras de Jack plus fort autour de moi. J'étais si reconnaissante qu'il ait sa maman. Avec tout ce à quoi il avait été exposé petit, elle l'avait protégé du mieux qu'elle avait pu. Elle avait fait de lui ce qu'il était aujourd'hui.

« Elle est belle », ai-je finalement terminé laborieusement, à voix basse.

* * *

« ROSE ? ai-je dit dans un rire, en voyant l'hilarité dans les yeux de Charlotte. Dites-moi que vous avez des photos.

Elle s'est levée, ignorant le regard sévère de Jack.

— Tu vas voir ça. Je reviens tout de suite. Charlotte s'est frayé un chemin sur la moquette crème du salon douillet jusqu'au mur d'étagères. La pièce était baignée d'une magnifique lumière venant en partie du feu, la journée morose ne s'éclaircissant toujours pas à l'extérieur. Un grand arbre de Noël orné de boules étincelantes et de lumières blanches scintillantes en ajoutait à la lueur un peu trop faible. Nous avions tous le ventre plein, Nigel ayant été persuadé de rester pour un déjeuner précoce composé de hachis parmentier et de vin rouge. Maintenant, nous buvions à nouveau un Earl Grey bien chaud.

Nous étions tous deux épuisés, et le vin me rendait encore plus somnolente, mais nous faisions de notre mieux pour rester occupés afin d'éviter le décalage horaire qui ne manquerait pas de nous frapper. Personnellement, j'avais envie d'une douche. Nos bagages avaient été livrés quelques heures plus tôt, et j'avais désespérément envie de me débarrasser de ces vêtements de voyage.

— Maman, a gémi Jack. Il s'est étiré dans le canapé, son T-shirt s'est plaqué sur son torse musclé, toujours indécemment sexy. Il avait sacrément besoin de se raser, et j'avais désespérément besoin de sentir sa barbe sur moi avant qu'il ne le fasse. De préférence sur d'autres parties de mon corps que mes mains. « S'il te plaît, arrête, maman. Keri Ann n'a pas besoin de voir les photos de ma pièce de théâtre de l'école. Encore moins quand j'étais habillé en ver rose dans Alice au pays des merveilles. »

— Oh, mais si, ai-je ricané, à nouveau prise d'un fou rire. J'ai serré sa main posée sur ma cuisse. Personne ne leur a reproché d'être ouvertement homoérotiques ? Franchement, des vers roses ? Sérieux ? Je ne crois pas qu'il y ait des vers roses dans ce livre.

— Des serpents, a corrigé Jack. Mais il ne pouvait pas non plus retenir son rire.

— Serpent, ver, peu importe. Et c'était tes débuts d'acteur... il faut que je voie ça. J'ai regardé Nigel. Il avait la bouche ouverte.

— Eh bien ça alors, a marmonné Nigel. Vous avez raison. M. Busby, le prof de théâtre, est sorti du placard quelques années après ton départ, mon pote. Tout le monde en parlait. À croire qu'il essayait subtilement de le faire savoir à tout le monde même à l'époque. En faisant se pavaner les garçons en petits zizis roses.

— Je n'appellerais pas ça subtil, a dit Jack en me faisant un clin d'œil.

On a pouffé tous les deux.

— Alors vous êtes allé à l'école de Jack vous aussi ? ai-je demandé à Nigel. Il a hoché la tête. Quelques années plus tôt que ce mec, évidemment.

— J'étais parti quand il y était. Mais M. Busby m'a aussi enseigné le théâtre. Je l'ai vu une fois plusieurs années plus tard dans un club gay à Londres. Les yeux de Nigel se sont tournés vers la gauche, et il a soudain rougi jusqu'à la racine des cheveux.

— Nooon, s'est exclamé Jack, incrédule. Toi et M. Busby ?

— Arrête ça, a grogné Nigel en jetant un coup d'œil vers le dos de Charlotte. Il a plongé le nez dans sa tasse de thé. De toute façon, c'était juste une fois, a-t-il ajouté.

— S'il vous plaît, dites-moi que vous étiez... majeur ? ai-je dit dans un chuchotement dramatique, imitant la taquinerie bon enfant de Jack.

Nigel a souri.

— Eh bien, oui, je l'étais, mais je l'appelais toujours M. Busby. Il a donné un petit coup d'épaule et a remué un sourcil plusieurs fois d'une manière lascive, se joignant ainsi à l'amusement.

— Baaah, a hurlé Jack. Nige ! C'est pas vrai !?

J'ai laissé échapper un énorme gloussement.

— Les voici, a dit Charlotte d'une voix chantante en s'installant sur le canapé de l'autre côté de Jack et en posant l'album photo sur la table.

— Je n'arrive pas à croire qu'on doive se farcir l'album de bébé dès le premier jour, a grogné Jack. On aurait sûrement pu attendre un peu.

— Pas du tout. J'adore.

L'album contenait des photos de Jack bébé, d'un tout-petit bonhomme avec deux dents, d'un petit garçon dégingandé, et enfin à peine une photo de son adolescence, jusqu'à ce que sa mère commence à ajouter des coupures de journaux sur ses premiers succès d'acteur. Charlotte tournait les pages, lentement.

— Au bout d'un moment, il y avait trop de choses à découper et à mettre là-dedans. Mon petit garçon avait réussi.

Même si j'avais le sentiment que Charlotte avait une boîte quelque part remplie de toutes les coupures de presse de Jack. Je ne pouvais pas imaginer qu'elle en ait laissé passer une.

Jack s'est penché et a serré l'épaule de sa mère. Elle s'est collée à lui.

« Oh, je m'inquiétais tellement. Moi si loin et toi à la merci de tous ces... vampires. Elle a ricané, se moquant d'elle-même. Je suis si heureuse que vous soyez venus à la maison. Tous les deux », a-t-elle ajouté à mon intention.

— Merci de m'avoir fait sentir la bienvenue, ai-je murmuré, me sentant un peu émue. Jack a pris ma main posée sur sa cuisse et l'a serrée. Il faut que je prenne de vraies photos de vous et de Jack à Noël, au lieu de coupures de journaux, pour que vous puissiez les ajouter à l'album, ai-je proposé.

— Oh oui, ce serait merveilleux !

Nigel s'est levé.

— Très bien, vous tous. Un homme ne peut pas rester assis sur son cul toute la journée. Il y a du travail à faire. Je vais chercher un riche footballeur russe dans quelques heures. Tu as mon portable, hein ? Appelle-moi quand tu auras besoin de faire un tour.

— Ouais, mec. Merci. Jack s'est levé aussi.

— Je sais que tu as dit que tu aimerais emmener Keri Ann chez ton ami Max à Hastings pour déjeuner un jour. C'est toujours d'actualité ?

Jack s'est dandiné sur ses pieds et m'a regardée.

— Hum, je ne sais pas. Ça pourrait être un peu trop si on nous voit dehors.

— Ah… eh bien, je peux comprendre cela. Mais Max sera quand même déçu.

Jack avait-il l'impression qu'il ne pouvait rien faire quand j'étais avec lui parce que je me méfiais de la presse ? Je détestais ça pour lui. Comme si je l'empêchais de sortir et de faire des choses amusantes. En particulier de voir de vieux amis. Mais je ne pouvais pas nier que j'avais peur que notre couverture soit compromise et que nos projets de Noël soient annulés. J'ai décidé d'en parler avec lui plus tard.

Nous sommes tous retournés dans l'entrée pour dire au revoir à Nigel.

— Tu peux toujours emprunter ma voiture ou celle de Jeff si tu veux aller faire un tour, a proposé Charlotte. Tu n'auras pas à attendre Nigel.

— Où est Jeff ? ai-je demandé. Jack m'avait beaucoup parlé de l'homme qui rendait Charlotte si heureuse.

— Au travail, j'imagine, a dit Jack.

Charlotte a acquiescé.

— Il est avocat. Il travaille toujours en ville. Bien que j'aimerais qu'il réduise ses heures. Il se lève à cinq heures tous les matins pour prendre le train. Mais il rentre ici à six heures, donc c'est bien.

Nous avons salué Nigel, puis Jack a pris nos affaires qui étaient toujours empilées près de la porte.

— Où est-ce qu'on dort ?

— Ah oui, venez. Vous voulez probablement vous rafraî-chir. Ensuite, Jack, tu peux emmener Keri Ann faire un tour dans les champs, lui montrer le coin. Ça vous donnera peut-être un second souffle et vous pourrez rester debout jusqu'au retour de Jeff.

— Super. J'adorerais prendre une douche chaude, ai-je dit et j'ai littéralement senti que Jack voulait que je croise son regard. Pas question. Je n'avais pas besoin de nous imaginer nus sous une douche chaude en le regardant devant sa mère. Mes joues m'ont chauffée alors que je rougissais. Ça devait être tellement évident que Jack et moi avions besoin d'un peu de temps seuls. Mais, mon Dieu, je ne savais même pas comment on allait dormir. Et si Charlotte voulait qu'on fasse chambre à part ? Elle ne ferait sûrement pas ça.

QUATRE

CHARLOTTE a grimpé les escaliers en bois, devant moi.

— N'essaie pas ces vieilles marches en chaussettes. Elles sont si lisses et usées par le temps que tu vas voler. J'ai même glissé en chaussures une fois. Quoi qu'il en soit, réserve peut-être ta douche chaude pour après la marche, tu en auras probablement besoin plus tard. Je ne suis pas sûre de la capacité de la vieille chaudière à supporter des tas de douches toute la journée.

— J'aurais aimé que tu... a commencé Jack.

— Ça suffit, Jack, l'a réprimandé Charlotte.

Je l'ai regardé, les sourcils levés.

— Ne me dites rien. Jack veut vous payer un nouveau chauffe-eau, ai-je avancé.

Il a haussé les épaules, les lèvres pincées comme pour dire : « Et alors ? »

Charlotte s'est retournée et a roulé des yeux.

— Eh oui. Et je n'arrête pas de lui dire que lorsque le moment sera venu, Jeff et moi pourrons nous en occuper.

35

Elle nous a montré une jolie chambre à fleurs avec d'élégantes teintes de verts et des imprimés fleuris au mur. Il y avait deux grandes fenêtres avec la même vue que la cuisine, sur les champs.

« Euh, donc euh. Elle a rougi, et mon ventre s'est crispé. Mince, ça allait être pire que la discussion sur les oiseaux et les abeilles que ma mère avait tentée quand j'avais douze ans. Vous êtes des adultes et je vous laisse faire vos propres choix. Voici ce qu'on appelle la chambre verte. Cette salle de bains mène à la chambre bleue, qui est également prête. C'est là que Jack séjourne habituellement. Mais, euh, évidemment, euh... »

— On va partager la chambre, maman, a dit doucement Jack en posant nos sacs au bout du grand lit double. J'espère que c'est d'accord. Et si ça te met mal à l'aise, on peut aller à l'hôtel.

— Bonté divine, non, ça me va. C'est juste que, hum, c'est une première pour moi. Elle a gloussé et s'est dirigée vers une armoire dans le coin et en a retiré deux serviettes fraîches qu'elle a posées sur le lit. Tu n'as jamais ramené une fille à la maison, c'est tout, et je ne voulais pas que Keri Ann pense que j'étais habituée à ce genre de choses.

J'ai laissé échapper une longue et lente inspiration. Mon ventre était crispé par la tension nerveuse. J'étais gênée. Mais j'étais heureuse d'apprendre que j'étais la seule fille que Jack ait ramenée à la maison. Je veux dire, je m'en doutais, vu comme Jack cloisonnait sa vie et voulait protéger sa mère de tout cette folie, mais c'était génial de l'entendre quand même.

« Mais, euh, je devrais juste ajouter que c'est, hum... OK, maintenant Charlotte rougissait à nouveau. Ce n'était pas de bon augure. Qu'est-ce qui allait suivre ? C'est une vieille maison, les cloisons sont minces, on entend tout, dit-elle rapidement. Juste pour que vous sachiez. Elle a dégluti et s'est raclé la gorge en se dirigeant vers la porte. »

Je suis restée abasourdie. Trop gênée pour dire un mot.

Jack s'est mis la main sur les yeux, les épaules secouées par le rire.

« Donc, voilà, c'est tout. On se retrouve en bas dans un moment, et je te montrerai le meilleur chemin à prendre pour ta promenade. Byee », a-t-elle ajouté en s'éclipsant.

* * *

— REGARDE-TOI DANS LE MIROIR. Jack se tenait derrière moi, devant le lavabo, alors que je venais de me brosser les dents. J'étais enveloppée dans une serviette, ma peau était refroidie par l'air frais. Je n'avais pas pu résister à l'envie de prendre une douche chaude et je m'étais rapidement rincée pour ne pas gaspiller trop d'eau. J'avais relevé mes cheveux en les tordant pour les garder au sec puisque nous allions faire une promenade dehors.

— J'ai l'air fatigué, ai-je répondu, accédant à sa demande en croisant son regard dans le miroir.

Il s'est penché en avant, plaçant ses mains sur le lavabo de chaque côté de moi. Ses cheveux étaient à moitié relevés et à moitié plats. Des cheveux en forme de chapeau. Sa barbe foncée de deux jours faisait ressortir ses yeux verts. Bon sang, il était tellement sexy.

— Oui, c'est vrai.

Je lui ai donné un coup de coude dans les côtes.

« Mais tu es aussi absolument magnifique. »

Il a posé les lèvres sur mon épaule nue et la courbe de mon cou, son visage mal rasé piquant légèrement. Sans me lâcher des yeux, il a entrouvert la bouche, ses dents ont effleuré, mordillé ma peau et sa langue chaude m'a apaisée.

À le sentir derrière moi et à voir la passion dans son regard, mon estomac a fait un bond et a fait tourbillonner une chaleur brûlante à l'intérieur de mes entrailles. J'ai retenu mon souffle et ma respiration est passée de lente et détendue à courte et hachée en un instant.

« Je n'arrive pas à croire que tu te sois faufilée ici et que tu te sois déshabillée sans moi », a-t-il murmuré contre ma peau, et son corps s'est pressé contre mon dos.

J'ai essayé de me tourner pour lui faire face, mais j'ai été arrêtée quand il a relâché un bras du lavabo et l'a enroulé autour de ma taille, me tenant fermement, le dos contre lui.

— Jack, ai-je réussi à dire en retenant mes mots alors que je sentais son excitation.

Il m'a fait un clin d'œil dans le miroir.

« Nous, je, nous sommes censés aller en bas. Tu as entendu ta mère, nous... » Je me suis interrompue lorsque son autre main a quitté le lavabo pour remonter le long de ma cuisse et se glisser sous la serviette.

— Mon Dieu, tu m'as manqué. Tellement. Sa tête s'est posée sur mon épaule et il a respiré profondément.

— Tu m'as manqué aussi. Ma voix était basse et rauque. Je ne voulais rien de plus que d'être nue et blottie au creux du corps dur et chaud de Jack, chair contre chair, mon cœur battant aussi près que possible du sien. Mais on ne peut pas faire ça maintenant. C'est, je...

— Je sais, mais laisse-moi juste te toucher. S'il te plaît, j'en meurs d'envie. Sa main a fait le tour de ma hanche, glissant sur mon bas-ventre, et vers le bas. Son genou a forcé mes cuisses à s'écarter. J'ai frissonné et il a relevé le visage, croisant à nouveau mon regard dans le miroir.

— Jack.

— Chuuut, a-t-il fait doucement. Tu vas devoir rester tranquille. Je serai rapide.

On a frappé à la porte de la chambre, ce qui m'a fait sursauter.

Jack s'est redressé, me laissant démunie et frissonnante. Oui, enfin, plutôt pleine de désir et d'élancements et... avec un estomac aussi nauséeux que si on avait été pris sur le fait.

— Jack, chéri ? La voix de Charlotte était hésitante.

Il s'est raclé la gorge et a fait un clin d'œil à mon expression mortifiée dans le miroir avant de sortir de la salle de bains.

J'ai fermé les yeux et respiré un bon coup. Exactement ce que je voulais dire. J'ai fini de me sécher et de me mettre de la lotion en écoutant Jack répondre à Charlotte devant la porte. Apparemment, un tas de paquets était arrivé pour nous.

Jack m'avait dit de faire des bagages légers, car il n'y avait absolument rien dans ma garde-robe qui pouvait me préparer à un hiver britannique humide. Après être arrivée et avoir senti la brume humide et glacée, qui était presque une bruine, mais pas tout à fait, j'étais encline à être d'accord. Surtout depuis que j'avais vu que Charlotte vivait pratiquement en « wellies[1] », comme elle les appelait. Ce qui s'en rapprochait le plus, étaient des couvre-chaussures dans la Lowcountry où j'avais grandi. Je savais qu'on en trouvait chez moi, mais Jack m'avait expressément dit de ne pas m'embêter avec des bottes et des imperméables, car ils ne fabriquaient les meilleurs qu'en Angleterre. Il semblait que les articles qu'il avait commandés étaient arrivés.

Quand la voie a été libre, je suis sortie de la salle de bain.

Jack avait ouvert la plupart des cartons, mais il était en train de ranger quelque chose à la hâte sur le dessus de l'armoire. Il s'est retourné et m'a fait un sourire en coin.

— Qu'est-ce que c'était ? ai-je demandé sur un ton taquin.

— Un de tes cadeaux alors ne t'avise pas de regarder.

— Jack. Mon cœur s'est un peu pincé. Tu me gâtes. Je ne peux pas faire la même chose pour toi. Je, je me sens redevable. C'était vrai. J'aimais voir à quel point il était heureux quand il m'offrait des choses, mais je me battais avec moi-même et mes réactions à chaque fois qu'il le faisait.

— Keri Ann, le fait que tu sois ici avec moi est tout ce dont je n'aurai jamais besoin. Je sais que ça semble... il s'est raclé la gorge et a ri légèrement. Ouais, ça semble pathétique. Je sais.

— Non pas du tout, ai-je murmuré. Je ne m'imagine nulle part ailleurs qu'avec toi.

— Mais je sais combien c'est dur pour toi de supporter tout le cirque qui m'accompagne.

— À propos de ça... je me suis assise sur un tabouret rembourré devant une coiffeuse et je lui ai fait face.

Ces yeux ont glissé sur mes jambes et la serviette qui avait remonté un peu.

— Jack ! l'ai-je réprimandé avec un sourire ridicule.

— Pardon.

— Donc, j'allais dire, s'il te plaît ne te gênes pas pour aller voir tes amis et tout ça à cause de moi, OK ? Je peux supporter quelques photographes. Je veux dire, je les redoute, bien sûr, mais ce n'est pas la fin du monde. Et de toute façon, tu peux toujours y aller et moi je resterai ici avec Charlotte. Elle m'a dit qu'on pourrait aller sur la côte un jour pour chercher du verre dépoli sur la plage.

Jack a détourné le regard, sa bouche s'est transformée en une grimace.

« Quoi ? ai-je demandé, surprise par sa réaction. Tu ne crois pas que j'aimerais passer du temps avec ta mère ? »

Il a eu l'air décontenancé.

— Non, c'est pas ça.

— Quoi, alors ? Mon aversion pour la presse ? Tu la connais déjà.

Sa main est passée dans ses cheveux indisciplinés.

— Je ne sais pas. Écoute, il ne s'agit pas de ça. Mais ça n'a pas d'importance. Il a contourné le lit à grandes enjambées et s'est assis au bout, devant moi.

Le lit a grincé.

Génial.

On a tous les deux grimacé.

« Il faut que tu t'habilles avant que je ne mette ma mère mal à l'aise. J'en arrive au point où je pourrais ne pas me soucier des sons qui émanent de cette chambre. »

Il écartait le problème d'un revers de main. Le problème étant plus que le fait que je ne veuille pas devoir supporter une frénésie médiatique. Quelque chose pesait sur son esprit. J'en avais eu des aperçus de temps en temps. Mais qu'est-ce que c'était ?

* * *

— CELA S'APPELLE UN ÉCHALIER. Jack se tenait près de l'engin en bois mouillé et moussu, tendant la main dans l'air froid, humide et brumeux. En fait, le ciel bleu existait-il en Angleterre ? C'était notre deuxième promenade depuis notre arrivée la veille, et je n'en avais toujours pas vu l'existence.

J'ai regardé sa main d'un air dubitatif, puis le taureau à l'air nonchalant au loin, tout en respirant la légère odeur de bouse de vache et de pierre humide. L'Angleterre. J'avais toujours pensé qu'elle sentirait et ressemblerait à ça. J'adorais ça. C'était si différent de tout ce que j'avais connu dans mon enfance.

« Il suffit de grimper sur la planche et de balancer sa jambe par-dessus la clôture », a dit Jack patiemment. Il portait un jean, des bottes Wellington vert foncé, des « wellies » donc, un imperméable ciré Barbour de la même couleur et une écharpe Burberry écossaise enroulée autour du cou. Je n'avais pas un look très différent si ce n'est que mes « wellies » étaient marron foncé, tout comme la version féminine de la veste - le butin des nombreux paquets qui étaient arrivés. J'avais l'impression d'être sur une photo de *Town & Country*.

— Tu es sûr qu'on a le droit ? ai-je demandé. Je veux dire, pourquoi n'ont-ils pas simplement mis une barrière s'ils ne voulaient pas que les gens passent ?

— Eh bien, ils mettent les barrières là où ça convient pour l'agriculture, ça ne correspond pas toujours à l'emplacement des sentiers. Un portillon, c'est juste pour dire, regardez, je me rends compte que c'est un sentier public qui passe juste à travers mes terres. Vous pouvez le traverser, mais je ne suis pas obligé d'aimer ça.

— Je suis sûre qu'ils ne veulent pas que quelqu'un traverse un champ avec un taureau en rut.

Jack a gloussé devant mon expression et a tourné la tête vers la créature au loin. Ses cheveux étaient ébouriffés par la brise polaire, et le bout de ses oreilles était rosi par le froid.

— Il n'a pas l'air excité.

— Tu n'as pas l'air excité non plus, mais je parie que je peux t'y amener en deux secondes.

Jack a levé les sourcils, puis les a baissés, résigné.

— C'est un défi que je vais perdre.

— Attends. Donc les gens peuvent posséder des terres, mais n'importe qui a le droit de les traverser ?

— À peu près. S'il y a un droit de passage public, il est illégal de ne pas autoriser l'accès. Dépêche-toi, tu vas passer ou quoi ?

Le taureau a grogné. Il me fixait. Nous. Non, moi. C'était bien moi.

— Mais ils nous laissent aller dans un champ avec un taureau solitaire à l'air irrité. Et je porte une écharpe rouge ! Une écharpe douce et luxueuse faite d'un truc appelé vigogne, cadeau de Jack pour le sixième des douze jours de Noël. Je l'adorais. C'était la chose la plus douce, et probablement la plus chère, que je possédais. Y a-t-il une pancarte d'avertissement ?

— Je suppose que c'est la façon dont le fermier exprime son irritation de devoir laisser les gens se promener à travers son champ. Pour nous maintenir un peu sur le qui-vive. Je suis presque sûr qu'ils doivent aussi afficher légalement si c'est un taureau dangereux et pas un juvénile. Ou mettre une génisse ici avec lui pour le soulager. Allez, avance !

Le taureau a recommencé à mâcher de l'herbe, alors j'ai pris la main de Jack et j'ai grimpé sur l'échalier, balançant ma jambe par-dessus la clôture, en faisant attention à ne pas déchirer mon jean. J'ai réussi à passer et j'ai sauté sur l'herbe épaisse, humide et touffue. Jack a suivi. Le chemin, qui était en fait plus une ligne d'herbe usée et aplatie parmi les hautes herbes, descendait une colline en pente douce le long d'un côté du muret de pierre, puis s'incurvait pour couper en diagonale à travers un coin vers un autre échalier placé au milieu du côté opposé. Infiniment plus proche du taureau.

— Détends-toi, a dit Jack et il a pris mes joues froides avec ses mains gantées. Ses longs cils se sont abaissés et il a penché le visage pour rencontrer ma bouche. J'ai incliné la tête vers le haut, en tenant ses poignets pour accueillir ses lèvres sur les miennes.

Ses lèvres et son nez étaient froids, mais quand sa bouche s'est ouverte, j'ai lapé la chaleur enivrante de sa langue. Une chaleur qui se déversait en moi par vagues.

— Mmm. Tu as bon goût, ai-je murmuré contre sa bouche. Café sucré et cannelle. Comme Noël.

Il a rigolé.

— Peut-être que c'est ton vrai cadeau de Noël. Moi, nu avec juste un nœud rouge attaché sur mon...

— Jack ! Je lui ai donné un coup de poing sur l'épaule, et on a commencé à descendre la colline. Que dirait ta mère ? Mais, trop tard, j'avais déjà à l'esprit une vision de Jack nu. De toute façon, je crois que tu m'as déjà fait ce cadeau hier, ta présence, tu te souviens ?

— Mais pas ma présence nue... Avec tes joues rouges à cause du froid, je ne vois pas si tu rougis ou pas. Il a pris ma main. Tu y penses, n'est-ce pas ?

— Non.

— Si, tu y penses.

— Non, je n'y pense pas. J'ai fait un sourire stupide.

— Moi. Tout nu. Allez, admets-le.

— En fait, je pensais à moi nue, avec juste cette délicate et douce écharpe rouge drapée de manière stratégique...

Jack a grogné et m'a arrêtée d'un coup sec. Il a plaqué ses lèvres sur les miennes, sa langue chaude a glissé à l'intérieur de ma bouche, et mon corps est passé instantanément d'un lent frémissement à un frisson complet. J'ai senti le mur de pierre dans mon dos, et Jack s'est pressé contre moi, une main dans mes cheveux et l'autre soulevant ma jambe contre sa cuisse. Waouh !

Il m'a embrassée fougueusement, et je l'ai accompagné, mes mains gantées s'agrippant à lui, essayant de me rapprocher. Impossible avec toutes nos couches de vêtements.

— Mon Dieu, a gémi Jack, en retirant sa bouche comme si c'était la chose la plus difficile qu'il ait jamais faite. Tu réalises depuis combien de temps on n'a pas fait l'amour ?

Mon estomac a fait un bond comme à chaque fois qu'il parlait si simplement. J'ai inspiré brusquement lorsque sa cuisse dure a touché le bon endroit entre mes jambes. Sans effet réel avec tous nos vêtements, mais parfaitement. Parfaitement pas assez.

— Oui, ai-je dit dans un souffle. Trois semaines et demie.

— Vingt-six jours. Pour être précis. Non pas que je compte. Sauf que, oui, je compte en fait. Sa bouche a effleuré un endroit sous mon oreille, et ma peau s'est hérissée.

— Je suis désolée de m'être écroulée hier soir.

Nous avions dîné tôt, et j'étais montée chercher le cadeau que j'avais apporté à Charlotte et Jeff. Je n'avais pas pu résister à l'envie de m'allonger un instant sur le lit, et c'était la dernière chose dont je me souvenais avant de me réveiller le matin, enveloppée dans un cocon de draps. J'étais déshabillée jusqu'à mes sous-vêtements, mais il n'y avait aucun signe de Jack. Il s'était levé tôt pour passer du temps avec sa mère.

— Eh bien, tu as sûrement, euh, relâché un peu la pression de ces derniers temps...

Quand Jack a vu ma tête, il a arrêté de parler au milieu de sa phrase.

— Merde, ai-je murmuré, horrifiée par le gros taureau noir qui se dirigeait vers nous dans le champ vert profond. Euh,

Jack, c'est un assez gros taureau avec de grandes cornes, et il se dirige droit sur nous.

Jack a tourné la tête, le corps immobile, juste au moment où le taureau semblait se concentrer sur nous et accélérait son allure au trot. Je pouvais voir la condensation s'échapper de ses narines. Ou était-ce de la vapeur ? Merde. J'étais figée par la panique. De temps en temps, il s'arrêtait, baissait la tête et se mettait à gratter le sol, prêt à charger.

— Oh, putain, a dit Jack.

*J*ACK s'est précipité dans l'action. Ses mains ont entouré ma taille et m'ont soulevée sur le mur pour m'écarter du chemin. Les pierres étaient froides et disloquées sous mes fesses, et je vacillais.

— Vite, regarde si tu peux descendre de l'autre côté, a dit Jack dans l'urgence. Le taureau a reniflé bruyamment.

J'ai jeté un coup d'œil derrière moi, un petit saut nécessaire, mais rien de méchant.

— Et toi, tu peux remonter ? Le taureau a ralenti jusqu'à s'arrêter à quatre mètres de nous, et nous nous sommes tous les deux figés. Ses yeux étaient noirs et brillants, et il a incliné sa tête vers le haut et sur le côté. « Qu'est-ce qu'il fait ? On doit bouger ou il va charger ? »

— Regarde si tu peux glisser lentement de l'autre côté. Je vais reculer vers l'échalier.

— Non, c'est trop loin. Tu peux grimper sur le mur ? C'est instable, fais attention, ai-je ajouté en faisant passer mes jambes de l'autre côté tout en délogeant une pierre qui s'est écrasée au sol.

C'est alors que le taureau a baissé la tête. Je suis passée de l'autre côté du mur, en atterrissant lourdement, et je me suis retournée pour voir Jack bondir et passer son torse par-dessus le mur qui était presque aussi haut que sa poitrine. Le taureau a chargé, et j'ai crié. Mon cœur a fait un bond, il n'allait pas y arriver. Sans réfléchir, j'ai arraché l'écharpe de mon cou et, en l'agitant follement, j'ai descendu la colline en courant le long du mur. C'était plus bas ici, et par chance, le taureau a été distrait pendant une seconde et s'est tourné vers moi en sursautant, surpris par le mouvement brusque.

Jack s'est projeté par-dessus le mur et a atterri parfaitement.

J'ai lâché l'écharpe, et j'ai couru vers lui en remontant la colline, pour me jeter dans ses bras.

— Oumf ! Le son étouffé est sorti de sa bouche alors que mon élan nous faisait tomber tous les deux sur le sol humide.

Je me suis penchée sur lui.

— C'est la dernière fois que je te suis aveuglément dans un champ. Je lui ai donné une tape sur le bras.

— Ooh ! Il a rigolé. J'ai ajouté une tape sur la tête. Il a emmêlé ses jambes avec les miennes, me faisant rouler sur le dos et m'a immobilisé les poignets. Sorcière !

— Idiot.

— Poule mouillée.

— C'était un putain de taureau en rut ! ai-je couiné.

— Oh, oh. Tu jures comme un charretier, j'adore ça. Et ses yeux se sont fixés sur ma bouche.

— Tu pourrais au moins me remercier d'avoir sauvé ton cul.

Il a levé les sourcils.

— Je me souviens distinctement de t'avoir soulevée pour te mettre hors de danger. Je pense que c'est moi qui t'ai sauvée.

— J'ai littéralement sauvé ton cul. Tu aurais eu une corne dans la fesse si je n'avais pas agité mon écharpe pour faire diversion.

Jack a grimacé.

— Je suppose que c'est une chance que je t'aie donné l'écharpe alors. Encore une fois, c'est moi qui suis venu à ta rescousse.

— Grr, tu es infernal. Mais je riais du ridicule de notre échange.

— Infernalement excité. Je pense que c'est officiellement en train de devenir une maladie dangereuse.

— Certainement si ça altère ton jugement et nous mène dans des situations mortelles.

— En fait, je pense plutôt à ces publicités où l'on vous dit de consulter un médecin au bout de quatre heures.

J'ai gloussé.

— C'est ce que je veux dire. Le sang ne circule pas du tout dans ton cerveau. Manque d'oxygène, clairement. Je vais devoir prendre toutes les décisions à partir de maintenant, ou jusqu'à ce que nous trouvions un moyen de remédier à ta maladie.

— Tu me fais rire. Tu prétends que tout va bien pour toi ? Hein ?

— Ouais.

— Ah bon ?

— Oui, ben j'ai réussi à m'en passer pendant vingt et un ans alors je peux bien attendre trois semaines et demie.

— Vingt-six jours. Et moi qui croyais que j'étais irrésistible à tes yeux !

J'ai rougi, la chaleur révélatrice visible sur mes joues froides. Était-ce si évident que ça ?

— Tu es lourd, me suis-je plainte mollement.

Jack a roulé sur moi, et j'ai pris une profonde inspiration. Nous pouvions encore entendre le taureau s'ébrouer de l'autre côté du mur.

— De toute façon, c'est clairement ton cul qu'il visait. Je ne peux pas lui en vouloir, a dit Jack en soupirant.

— Le soleil brûle-t-il enfin à travers cette brume, ou est-ce que je l'imagine ? ai-je demandé, en plissant les yeux vers la blancheur au-dessus de nous. La terre était froide dans mon dos, mais heureusement, elle ne s'infiltrait pas dans mes vêtements grâce à ma veste cirée.

— On aurait bien de la chance. Jack a tourné la tête pour me regarder. En dehors de notre expérience de mort imminente, tu apprécies l'Angleterre ?

J'ai souri.

— Ouais. C'est exactement comme je l'avais imaginé, en fait. Ce qui est un énorme soulagement.

— Donc ça ne te manque pas d'être à la maison ? Qu'est-ce que Joey a décidé de faire pour Noël ?

— Mince, j'étais censée l'appeler hier soir, et j'ai oublié. Je ne sais pas encore. Aux dernières nouvelles, il a dit qu'il allait rester à l'école et étudier. Ce qui semble plutôt triste, mais c'est ce qu'il voulait. Tu me feras penser à l'appeler quand on rentrera à la maison ?

— Bien sûr. Comment ça se passe avec Jazz ? Ils n'ont toujours pas réglé leur problème ?

— Pfouh… il passe du chaud au froid en deux secondes… disons que mon frère n'a pas encore tout compris.

— Compris quoi ?

— Qu'elle est sa destinée. Sa balise de détresse. La plage de sa tortue de mer. J'ai tourné la tête vers lui.

Jack a roulé sur un bras et m'a regardée, de longs cils noirs encadrant ses yeux hypnotiques.

— Comme tu l'es pour moi. Puis il a mis un doigt ganté entre ses dents et a libéré sa main. Ses doigts sont allés vers les boutons de ma veste et les ont défaits un par un.

J'ai mordu ma lèvre inférieure en attendant de voir ce qu'il faisait. Blottie contre lui, pour éviter le froid, mes entrailles bouillonnaient. Lorsque sa main a trouvé la peau de mon ventre sous mon pull, j'ai sursauté et arrêté de respirer. Mais il s'est contenté de faire glisser sa main lentement vers le haut, entre mes seins, jusqu'à ce qu'elle soit aplatie, la paume collée à ma poitrine. Elle est restée là, mon cœur battant sauvagement contre elle comme un oiseau en cage.

« Ceci. Juste là, c'est mon destin. Ici. Il a appuyé, sa main s'est étalée sur mon sternum comme s'il transmettait ses émotions à travers sa paume, voulant que je ressente quelque chose de plus que ce qu'il disait. Tu es la plage de ma tortue de mer. Il a fait un sourire en coin, sa fossette est apparue. Ma balise de détresse. En fait... tu es ma maison. Tu es l'endroit où mon cœur vit. »

J'ai poussé un long soupir.

— Oh, Jack.

Il s'est penché et m'a embrassée doucement, brièvement, puis a relevé la tête, le regard ardant.

— Il y a quelque chose dont je voulais te parler. J'allais attendre, mais... il s'est arrêté, les sourcils froncés comme s'il n'était pas sûr qu'il aurait dû dire quelque chose. La lumière a commencé à se battre avec les nuages dans ses yeux.

Attendre pour me parler de quelque chose ? Pourquoi ?

Peut-être que je n'aimerais pas ce dont il s'agissait... ou peut-être allait-il attendre un jour spécial, comme Noël ? De quoi me parlerait-il à Noël dont il ne puisse parler avant ? Sauf si c'était quelque chose de spécial. Comme... l'inquiétude a parcouru mon corps. J'ai serré les dents et retenu mon souffle. J'ai écarquillé les yeux. Je n'étais pas prête à parler de s'installer ensemble ou de se marier. À quoi cela ressemblerait-il avec nos emplois du temps de fous ? C'était la recette idéale pour qu'on essaie, échoue, et qu'on se sépare pour toujours.

— Ne dis rien, me suis-je empressée de dire.

— Pourquoi ? a-t-il demandé, décontenancé par ma brusque interruption.

J'ai ravalé l'étrange boule de panique qui m'obstruait soudain la gorge. *Ne panique pas, ne panique pas. Tu ne sais même pas ce qu'il allait dire.*

Les yeux de Jack étaient plissés, perplexes, puis la douleur a semblé envahir son visage.

— Qu'est-ce que tu pensais que j'allais dire ? a-t-il chuchoté. Ses lèvres étaient pâles.

— Rien, je ne sais pas. J'ai dégluti à nouveau, puisque ce fichu truc dans ma gorge était toujours là, désormais plein de culpabilité. Je ne savais pas ce qu'il allait dire. Non, pas du tout. C'est juste que... tu n'avais pas l'air sûr de vouloir en parler, quel que soit le sujet. Alors, ne le fais pas. Je bafouillais maladroitement.

— Conneries, a dit Jack. Sa main a glissé de sous mon pull, me laissant transie, et il s'est assis. Posant les bras sur ses genoux, il a regardé au loin, au-dessus des champs verts et dans le lointain brouillard blanc.

Je me suis assise et j'ai remis mon manteau.

—Je suis désolée, ai-je dit. J'ai paniqué.

— Je l'avais compris. La question est « à propos de quoi » ?

— Je... rien.

— D'où la raison pour laquelle j'ai appelé ça des conneries, a dit Jack avec un soupir de lassitude. Il a arraché une touffe d'herbe et l'a jetée. Les couples ne sont-ils pas censés pouvoir se parler ?

— C'est toi qui veux parler. Il y a quelque chose qui te tracasse depuis que tu m'as retrouvée à L.A. Même avant ça, je le sentais au téléphone. Et tu n'en as pas parlé du tout.

— Eh bien, c'est peut-être de ça que j'allais te parler à l'instant, a-t-il dit. Mais il n'avait pas l'air convaincant.

— Conneries, ai-je murmuré, et j'ai détesté l'avoir dit. Il avait marqué un point après tout. Peut-être qu'il allait me le dire et que je l'avais interrompu ?

Il a tourné la tête pour me regarder et a haussé légèrement les épaules.

— Ça en faisait partie.

— Ah.

Jack s'est levé et a épousseté l'herbe humide de son jean, puis il a remis son gant. Il a tendu la main pour m'aider à me relever, et j'ai accepté avec gratitude.

Pendant que je brossais l'herbe humide et la saleté sur ma propre tenue, Jack a récupéré mon écharpe sur le sol en bas de la colline. Elle était humide et probablement sale.

— Viens, rentrons avant d'attraper un rhume, a dit Jack distraitement et il s'est mis à longer le mur pour rejoindre le sentier, mon écharpe rouge glissée sous son bras. J'ai reboutonné mon manteau à la hâte, puis j'ai croisé étroitement les bras sur ma poitrine et j'ai avancé. Après quelques minutes où j'ai essayé de le suivre et de ne pas me sentir blessée qu'il parte sans moi, il s'est arrêté et m'a tendu la main. J'ai couru, mes bottes glissant sur l'herbe mouillée, et je l'ai rattrapé. Il a secoué la tête avec un petit sourire, et nous avons continué à marcher. Un jour ou l'autre, il faudrait bien que nous devenions intimes. Et par là, je voulais dire que nous allions devoir avoir des conversations vraiment franches et à risque sur notre avenir.

— Jeff est génial, ai-je dit en marchant, choisissant un sujet de conversation neutre pour le moment.

— Oui, n'est-ce pas ? C'est clair que ma mère et lui ont une super relation. Il l'adore.

— Cela doit être un grand réconfort pour toi qui vit si loin.

— Oui, c'est vrai. J'aimerais qu'il prenne sa retraite, cependant ; il travaille trop dur. Pour passer plus de temps avec ma mère. Elle est heureuse, mais j'ai l'impression qu'elle se sent un peu seule ici, toute la journée.

— Ah bon ? Je ne la connais pas très bien, mais je pense qu'elle apprécie la solitude.

— Tu as peut-être raison.

— Alors, c'est son vrai prénom Charlotte ?

Jack a pincé les lèvres.

— Bien sûr.

— Mais pourtant, tout le monde t'appelle Jack ? Et pas William.

— Je m'appelle Jack depuis que j'ai neuf ans.

— Mais n'est-ce pas...

— C'est ce que je suis, Keri Ann, dit Jack en s'arrêtant et en lâchant ma main. Ce satané Jack Eversea, bordel, tu te souviens ?

— Ne me parle pas sur ce ton, Jack. Et comment pourrais-je l'oublier, bordel ? l'ai-je imité.

— Merde. Désolé. Il s'est tourné vers moi et a enfoncé ses

mains dans ses poches, en faisant de la vapeur avec sa bouche. Son nez était rouge de froid, ses joues rougies, mais il était toujours le plus bel homme du monde. Et quelque chose le dérangeait. Je détestais penser que c'était moi qui avais perturbé son humeur toujours soigneusement contenue. Je savais qu'il n'aimait pas être de retour en Angleterre, malgré sa mère. Il a commencé à dire quelque chose, puis s'est arrêté, et il a pincé les lèvres.

Je ne savais pas ce qui allait se passer, mais j'avais l'impression que nous aurions probablement de meilleurs moments pour parler de choses sérieuses quand nous serions au chaud et au sec, et dans un meilleur endroit que ce moment étrangement tendu que nous vivions.

— Je ne sais pas ce que tu en penses, mais je trouve que tu reprends l'accent britannique.

Ses yeux se sont écarquillés de surprise et il a relevé la tête brusquement.

— Non, pas du tout.

— Si, si ! Tu es tout en... « *bloody hell* » et « *spot of tea* », je l'ai imité de manière surjouée en descendant de plusieurs octaves.

— Oh, meuf, tu ne devrais pas prendre l'accent anglais. Jack a rigolé. Il s'est approché de moi et m'a prise dans ses bras. Tu es trop mignonne. Je t'aime tellement.

Je l'aimais aussi. Tellement. Et la profondeur de mes sentiments m'a fait perdre le sourire.

— Je t'aime aussi, Jack.

Ces mots semblaient inadéquats.

— Dis-le encore, a-t-il dit à voix basse.

J'ai pris une profonde inspiration.

— Je t'aime. En le regardant dans les yeux, je me suis demandé si Jack pensait que l'amour était suffisant.

SIX

O N AVAIT FROID et nous étions silencieux lorsque nous sommes rentrés à pied à *The Grange*. Charlotte était dans la cuisine avec une vieille dame aux cheveux blancs, installée à table et tenant une tasse de thé à deux mains. Le visage rond de la vieille dame s'est fendu en un immense sourire lorsque nous sommes entrées, et elle a repoussé sa chaise pour se lever.

— Ah, vous voilà !

Jack a émis une exclamation de surprise et s'est précipité sur la dame âgée en la soulevant pratiquement du sol. Charlotte rayonnait.

— Mme Eversea, je n'arrive pas à croire que c'est vous. Vous ne vieillissez pas du tout. Quel est votre secret ? s'est extasié Jack.

Elle lui a donné une tape sur la main.

— Oh voyons, quel charmeur ! Mais elle a ri de bon cœur.

J'étais si heureuse quand Jack m'avait dit qu'il avait retrouvé Mme Eversea la dernière fois qu'il était venu en Angleterre.

Jack a souri.

56

— J'ai vu Nigel, il a l'air en forme.

— C'est ce que j'ai entendu dire. Tu es un amour de lui avoir donné du travail.

Elle le tint à bout de bras, l'inspectant de la tête aux pieds.

— Ce n'est rien, lui a-t-il assuré. Bien que, je pense qu'il m'aide plus que l'inverse.

Mme Eversea a gloussé et regardé derrière Jack pour me dévisager. Je me suis soudain rendu compte que j'étais plus nerveuse à l'idée de rencontrer cette femme qui avait sauvé la vie de Jack qu'à l'idée de rencontrer sa mère.

— Alors, a-t-elle dit sérieusement, en regardant Jack puis moi, alors qu'il s'écartait pour me présenter. C'est la fille que tu vas épouser ?

Il y a eu un instant de silence et le cliquetis bruyant d'une cuillère que Charlotte tournait dans son thé.

Mon cœur a semblé s'arrêter et faire un grand bruit sourd.

Puis Jack a émis un son. Un croisement entre un souffle et un rire. Étranglé et torturé.

Un son qui a enfoncé des crochets à viande dans mon cœur. Douloureux.

— Oh, un jour, a dit Charlotte, en reposant négligemment la cuillère. Ils sont encore jeunes. Keri Ann est encore à l'université.

Charlotte. J'aurais pu l'embrasser. Mais Jack lui en avait-il parlé ? L'avait-elle dissuadé de le faire ? Ou pas ? Si c'était bien ce qu'il avait prévu. Aaaah, mon Dieu, la tête me tournait, mon cœur battait la chamade.

Jack n'avait toujours rien dit.

Toujours rien dit.

Merde, c'était à mon tour de parler. Puisque Jack était

toujours debout dans le champ de mines et avait peur de bouger, j'ai fait un pas en avant.

— Ravie de vous rencontrer, Mme Eversea. Je suis Keri Ann Butler. Jack m'a tellement parlé de vous.

— Ah ! Cet accent ! Je pourrais l'écouter toute la journée. Viens ici, a-t-elle dit en m'attirant dans ses bras qui sentaient la violette et le détergent à lessive. Tu es une fille courageuse pour supporter tout ce tapage autour de lui. Elle m'a relâchée. Je ne sais pas comment tu fais. Tous ces fichus photographes. De véritables vautours, tous autant qu'ils sont. Elle a soufflé et s'est rassise sur sa chaise de cuisine. Ne t'avise pas de le laisser t'attacher jusqu'à ce que tu sois prête. Donne aussi à ce garçon l'occasion d'avoir une vie un peu plus stable.

Charlotte a posé deux tasses fumantes sur la table.

— Voici du thé pour vous deux, vous avez l'air gelés jusqu'aux os.

— Merci, a dit Jack et il a tiré deux chaises pour nous.

— Euh, ça vous dérange si je prends mon thé à l'étage ? Je dois appeler mon frère et lui dire que je suis arrivée ici saine et sauve.

Jack a interrompu son mouvement pour s'asseoir.

— Je vais monter te chercher mon téléphone.

— C'est bon. Reste ici et prends des nouvelles de Madame. Je l'ai embrassé sur la joue et j'ai fait un sourire enjoué à tout le monde. Je peux me débrouiller toute seule.

Jack a hoché la tête et s'est rassis. Il a ajouté du lait et deux cuillères de miel à mon thé et me l'a tendu.

— Nous avons eu un « accrochage » avec un taureau, a-t-il dit à Charlotte et à Mme Eversea avant de se lancer dans notre histoire tandis que je montais tranquillement à l'étage. J'aurais aimé rester et participer à cette histoire, mais le besoin d'être seule un moment pour me vider la tête était trop fort.

J'étais bouleversée en fait. Je n'avais pas réalisé à quel point jusqu'à cet instant précis dans la cuisine. J'ai ressenti tout le poids de l'amour que sa famille avait pour lui et la nervosité que je ressentais à l'idée qu'ils ne m'acceptent pas. Et bien sûr, la question non exprimée de notre avenir. Jack avait fini de tourner à Savannah. Il était resté aussi longtemps que possible, mais il était rentré à Los Angeles pour faire de la postproduction et des voix off pour le montage. Il allait bientôt partir en tournée publicitaire pour le film, et il était déjà en train de planifier un autre film dans lequel il devait jouer et qui devait être tourné en Uruguay. J'avais chassé tout cela de ma tête, me contentant de tenir jusqu'à la fin du semestre et me réjouissant d'avoir Jack pour moi toute seule pendant trois semaines pendant les vacances de Noël.

Mais je ne l'avais pas pour moi, pas vraiment. Ce n'était pas seulement le fait d'être ici avec sa mère, Jeff et Mme Eversea. C'était toutes les autres bizarreries que Jack semblait transporter avec lui jusqu'ici.

J'ai pris le téléphone de Jack sur la commode et me suis assise au bout du lit grinçant pour composer le numéro de mon frère.

* * *

IL ÉTAIT TARD, et j'étais éveillée dans le grand lit froid, seule. Apparemment, Jack était parti avec la voiture de Charlotte pendant ma conversation téléphonique avec Joey et n'était toujours pas rentré. J'avais veillé le plus tard possible avec Charlotte et Jeff. Jeff était un peu bourru, mais charmant, un bel homme aux cheveux argentés et aux yeux bleus amicaux. Nous avions dîné et joué au scrabble, mais le temps passait. J'étais morte d'inquiétude, comme nous tous, d'autant plus qu'il n'avait pas son téléphone. Charlotte m'a demandé deux fois si tout se passait bien entre Jack et moi. C'était extrêmement gênant, même si je savais qu'elle le pensait et qu'elle voulait arranger les choses, comme une mère inquiète dont le fils s'était enfui.

Enfin, Nigel a appelé pour nous dire que Jack avait téléphoné de Hastings. Il avait trop bu, ne pouvait pas conduire la voiture de Charlotte et lui avait demandé d'aller le chercher. C'était à plus d'une heure de route.

L'inquiétude a fait place à la colère et a commencé à mijoter en moi.

Peu après minuit, j'ai entendu le bruit d'une voiture sur le gravier. Le bruit sourd de la porte d'entrée. La voix basse de Jeff, visiblement contrarié par le fait que nous ayons dû nous inquiéter autant. Des pas lourds et bottés dans l'escalier et le couloir grinçant jusqu'à notre chambre. Et au-delà de notre chambre, vers la chambre bleue. Était-il vraiment sérieux, là, maintenant ? J'ai repoussé les couvertures, me suis précipitée jusqu'à la salle de bains et j'ai traversé celle-ci jusqu'à la porte de l'autre côté, que j'ai ouverte violemment. Je me suis dressée, la poitrine gonflée, tandis que Jack se figeait. La chambre bleue était de loin plus petite que la nôtre et comportait un lit simple contre un mur, et un fauteuil devant l'autre. Jack remplissait l'espace.

Il a fermé les yeux en me voyant et a refermé la porte derrière lui, nous enfermant dans le petit espace.

Je pouvais sentir l'odeur du whisky même si trois mètres nous séparaient.

— Pas ce soir, s'il te plaît, a-t-il marmonné, la bouche pâteuse. Il portait toujours le jean et la chemise qu'il avait plus tôt et une paire de lourdes bottes aux lacets défaits. Tu es en colère. Tu as tous les droits d'être en colère. Je ne voulais pas te réveiller et que tu sois... encore plus en colère. Il a oscillé, et j'ai déplié mes bras en soupirant tout en faisant un pas vers lui. C'est bon. Il a titubé en s'éloignant de moi.

— Jack, laisse-moi t'aider. D'accord ?

— C'est bon, a-t-il répété et il a trébuché vers le lit où il est tombé face contre l'oreiller, les pieds qui dépassaient. Je suis restée immobile un moment, l'énergie de ma colère ayant complètement disparu. Puis je me suis mise à genoux pour desserrer ses bottes et les retirer, ainsi que ses chaussettes. J'ai pris un moment pour déposer un baiser sur le bout de mes doigts et le transférer brièvement sur la petite tortue de mer qui était tatouée sur la peau de son pied. Jack a remué et a tourné la tête. Il m'a regardée.

« Je suis désolé », a-t-il dit, la voix étouffée. Puis il a fermé les yeux. Debout, j'ai attrapé une couverture qui était posée sur le fauteuil du coin et l'ai étendue sur son corps. Sa respiration était déjà profonde et régulière. Il aurait besoin d'eau dans la nuit.

Je suis retournée dans la chambre, j'ai mis mes chaussures et j'ai descendu les escaliers en pantalon de pyjama de flanelle et en T-shirt à manches longues.

Charlotte et Jeff étaient à la table de la cuisine et parlaient à voix basse. Je me suis arrêtée, mal à l'aise.

— Excusez-moi, je suis juste descendue prendre de l'eau pour Jack.

Charlotte m'a souri amicalement, et Jeff s'est éclairci la gorge et s'est levé.

— Je vais me coucher. On se lève tôt demain. Il s'est penché et a embrassé Charlotte sur le front. Vivement la fin de la semaine, avec une belle pause pour Noël. Bonne nuit, Keri Ann, a-t-il dit en passant devant moi.

Je me suis dirigée vers la table et me suis assise.

— Est-ce qu'il se comporte toujours comme ça quand il est ici ? ai-je demandé. Il disparaît et rentre ivre à la maison ?

Charlotte a soupiré.

— J'allais te demander la même chose.

— Pas vraiment. Pas depuis qu'on est ensemble en tout cas. J'ai tordu mes doigts nerveusement. Il dit que ça lui est difficile d'être ici, en Angleterre. C'est peut-être ça ?

— Peut-être. Je pense aussi qu'il n'est pas bien dans sa peau.

— À cause de quoi ?

— Toi, j'imagine.

— Moi ? ai-je demandé, décontenancée. Pourquoi ?

— Chérie, je n'ai jamais vu Jack amoureux avant. Il y avait cette fille à New York, quand on y vivait, un béguin d'ado tout bête. Non pas qu'il n'y ait pas eu d'autres filles, bien sûr. Mais c'est la seule autre fois dans sa vie que je l'ai vu proche de cet état.

Une vive jalousie m'a piquée.

Charlotte a tripoté le bord d'un set de table encore sur la table.

« Mais bien sûr, ils étaient jeunes et elle remarquait à peine sa présence, s'est-elle empressée d'ajouter. Il n'a jamais donné son cœur facilement. Il a toujours été tellement fermé que je me demandais comment il pouvait survivre à Hollywood. Je suis toujours perplexe. Mais j'ai fini par comprendre qu'il a littéralement deux personnalités. Une qu'il a créée, et celle qu'il a à l'intérieur. Je crains que sa personnalité extérieure n'ait renforcé le sentiment qu'il ne croit pas avoir grand-chose à offrir à quiconque au-delà des paillettes et du glamour ». Elle a pris une gorgée de son thé.

Je suis restée immobile, suspendue à chacun de ses mots.

« Je suis sûre que c'est l'une des raisons pour lesquelles vous allez si bien ensemble. C'est la partie qui ne t'intéresse pas. Mais je me demande si ce n'est pas aussi une partie du problème ».

J'ai froncé les sourcils.

— Que voulez-vous dire ?

— Le fait que tu aies donné une direction et un sens à sa vie et que tu sois devenue une si grande partie de sa vie, je pense que ça a rendu cette autre partie de lui encore plus vide. Il a pris conscience de ce que cela signifierait pour lui si tu n'étais plus là pour une raison quelconque. S'il... te perdait. Je pense que ça le terrifie.

Mon cœur s'est pincé. J'ai pensé à la façon dont j'avais clos les conversations sur notre avenir chaque fois qu'il voulait en parler. Pas parce que je ne voulais pas d'un avenir avec lui, mais parce que je sentais que si nous prévoyions trop notre avenir, il risquait de se briser. Nous avions besoin d'une marge de manœuvre. De flexibilité pour grandir et changer ensemble. Je voulais juste prendre les choses étape par étape. M'assurer que je ne me perdais pas, ni mes rêves, en cours de route.

— J'ai peur quand il parle de notre avenir, ai-je admis. Vous l'avez dit vous-même, je suis encore jeune. Je n'ai pas encore défini mes rêves, au-delà de l'art et de l'école. J'ai peur de me réveiller dans quelques années et d'être dans cette vie qu'il a créée pour nous sans avoir eu la moindre influence sur ce à quoi elle ressemble. Je veux m'assurer que nous vivions et grandissions ensemble, que nous façonnions nos rêves ensemble. Et il a besoin d'être en Californie pour sa carrière et... j'ai dégluti en m'apprêtant à admettre la vérité à voix haute, je déteste cet endroit, Charlotte. Je déteste ce qu'il est là-bas. Je ne supporte pas de le voir composer cette façade vide et bizarre et prétendre qu'il aime la moitié des gens que je sais qu'il déteste. Je ne veux plus jamais vivre là-bas. Voilà, je l'avais dit. Mon Dieu, j'étais tellement égoïste. Je voulais juste que Jack fasse partie de ma vie et pas moi de la sienne. Mes yeux brûlaient et les larmes n'étaient pas loin.

Charlotte m'a serré la main.

— Donc tu n'acceptes pas vraiment cette partie de sa vie ?

— Je n'apprécierai jamais d'être espionnée et qu'on déforme mes dires. Et encore moins de devoir surmonter le manque de confiance en moi chaque fois que je sors avec des gens, en me demandant si je suis assez bien pour lui. Mais j'accepte cette partie de sa vie, sinon je ne serais pas ici avec lui. Je n'ai pas fait grand-chose pour le prouver, n'est-ce pas ?

— Peut-être qu'il a besoin de savoir que tu peux exister dans ses deux mondes. Et tu sais quoi ? Tu es jeune, mais tes paroles me disent que tu es probablement beaucoup plus sage que les gens de ton âge. Je suis sûre que tu vas trouver une solution.

J'ai reniflé et hoché la tête.

— Merci. Elle a souri et m'a tapoté la main. Alors qu'est-ce qu'il y a à Hastings ? C'est là que vit son ami de l'école dont Nigel a parlé ?

— Oui. Max. Je n'avais pas réalisé qu'ils avaient repris contact, mais pour ma part, je suis heureuse de le voir réinté-grer des parties de son ancienne vie dans sa nouvelle vie. Il avait coupé les ponts avec tout le monde, tu sais ? Il refusait même de reconnaître qu'il avait passé son enfance ici. Max est un gars sympa, il possède une vieille maison près des quais à Hastings, qu'il a transformée en hôtel-restaurant renommé.

— Mais, le fait qu'ils reprennent contact ne risque pas de révéler l'identité de Jack ? Vous n'avez pas peur qu'on vienne vous harceler ?

Elle a ri.

— Je suis sûre que les gens s'y intéresseraient pendant une fraction de seconde, mais ensuite, qui va se soucier de ce qu'une vieille dame comme moi fait ici, tous les jours, au milieu de la campagne ? Je pense que Jack s'en soucie plus que moi, franchement. Mais quoi qu'il en soit, c'est merveilleux dans le sens où il a cet endroit sûr où venir et où personne ne penserait jamais aller voir. Ce serait la fin. Je pense que c'est pourquoi nous avons tous bataillé pour le garder secret si longtemps. Mais bon, Max est un bon gars. Je ne peux pas l'imaginer dire à quelqu'un le vrai nom de Jack. Ils penseront juste qu'il a un ami célèbre. C'est tout.

Je n'ai pas réussi à retenir un énorme bâillement.

« Oh moi aussi j'ai sommeil, regarde l'heure. Charlotte a jeté un coup d'œil à la délicate montre ancienne qu'elle portait au poignet. Jeff et moi allons ensemble à Londres demain. Je dois faire des achats de dernière minute, et nous devons dîner avec des amis. Nous serons de retour le lendemain matin. Est-ce que cela te convient ? Est-ce que ça vous va de rester ici tous les deux pour les repas et tout le reste ? »

J'ai acquiescé. Seule. Avec Jack. Pendant vingt-quatre heures. J'aurais pu l'embrasser. Je l'ai prise dans mes bras pour lui souhaiter bonne nuit et j'ai pris un verre d'eau pour Jack. Le lendemain, il fallait que je mette les choses au point entre nous, pour apaiser certaines des craintes de Jack et me mettre toute nue avec lui dès que possible.

En me glissant dans la pièce sombre, j'ai laissé la porte de la salle de bains éclairée ouverte pour pouvoir voir où j'allais avec le verre de Jack. C'était une bonne chose que je sois bien réveillée à l'heure américaine, car j'avais beaucoup de choses à régler dans ma tête.

Nous avions vécu trois jours de nos trois semaines ensemble, y compris le temps de voyage, et les choses ne se passaient pas comme je l'avais imaginé. Nous avions désespérément besoin de ce temps ensemble. Les derniers mois avaient consisté en des moments intenses volés à nos vies de célibataires et occupés, lui par le travail, moi par la fac. Les quelques week-ends que nous avions pu passer ensemble avaient été protégés du monde extérieur grâce à des efforts extraordinaires, et nous n'avions jamais abordé autre chose que notre bonheur d'être ensemble. L'île de Daufuskie, près de Butler Cove, la station balnéaire de ma ville natale, avait été plus d'une fois notre destination en raison de son accès difficile. Et Jack n'avait aucun problème à prendre l'avion. Peut-être qu'on s'était mis trop de pression. Jack nous avait fuis aujourd'hui, mais je n'étais pas forcément en colère. Je reconnaissais ma propre culpabilité dans cette situation.

Au début, chaque semaine j'avais dû supporter de voir apparaître une nouvelle femme sur les pages de la presse à sensation qui prétendait avoir eu un morceau de l'infidèle Jack Eversea. La plupart du temps, nous avions essayé d'éviter de regarder les médias, mais c'était presque impossible. La réputation de Jack en tant que Don Juan froid et insouciant se renforçait avec chaque publication, et notre énergie faiblissait en retour. Essayer de croire que ce n'était que des mensonges avait plongé mon cœur et ma fierté en plein cauchemar, ce qui était inimaginable l'été précédent. Mais voir comment chaque nouvel article blessait Jack avait définitivement renforcé l'idée que nous étions dans le même bateau. Je pensais qu'on était devenus plus forts depuis, mais peut-être que ce n'était pas le cas. Peut-être pas moi.

J'ai posé le verre doucement, tellement prise dans mes pensées que j'ai sursauté lorsqu'une main chaude et rugueuse a enserré la mienne.

Jack me regardait, dans la même position où je l'avais laissé, face contre l'oreiller, mais avec la tête tournée sur le côté. La lumière de la salle de bain traversait son visage, illuminant ses yeux verts vitreux et sa mâchoire mal rasée. Ses doux cheveux bruns brillaient, et j'avais envie d'y glisser mes doigts.

— Tu m'as fait peur, ai-je chuchoté dans un petit rire. Je t'ai apporté de l'eau.

Il a cligné des yeux lentement, et sa main a serré la mienne doucement.

— Je me demande souvent, a-t-il chuchoté si bas que je me suis penchée pour l'entendre, ce qui se serait passé si l'histoire d'Audrey était sortie avant que tu ne décides que ça valait la peine d'essayer.

J'ai dégluti, difficilement.

— Qu'est-ce que tu veux dire ? L'histoire d'Audrey selon laquelle Jack l'avait trompée avec moi, ainsi qu'avec d'innombrables autres femmes, m'avait fait mal. Bien que ce ne soient que des mensonges, elle s'était attiré la sympathie de toutes les commères lorsqu'elle avait prétendu que le stress de la situation lui avait fait perdre leur bébé.

— Je veux dire... je ne pense pas que nous serions ensemble.

— Jack, ai-je dit d'une voix cassée. Qu'est-ce que tu dis ? Je me suis mise à genoux sur le sol près de son lit, à hauteur de sa tête.

— Pas de ma part, ma chérie, ne t'inquiète pas.

— Alors de la mienne ? ai-je demandé. Il n'a pas répondu, il s'est contenté de me contempler dans la pièce sombre, son regard m'allant droit au cœur. Je me suis approchée de lui et j'ai posé ma main contre son dos, la chaleur de son corps émanant de son T-shirt, essayant de comprendre d'où cette pensée-là était venue. Puis j'ai cédé au besoin de glisser mes doigts dans ses cheveux soyeux. Jack ? Ma voix était faible et mal assurée.

Il a fermé les yeux en un long clignement.

— Je remercie souvent ma bonne étoile que tu sois si douée pour faire ce que tu as décidé de faire, a-t-il dit doucement, en ouvrant à nouveau les yeux. Ils étaient profonds et brillants et se sont posés sur moi. Déterminée à rester fidèle à tes décisions. Je suis toujours reconnaissant que tu nous aies choisis avant que tout parte en vrille. Je ne suis pas sûr que tu l'aurais fait si les choses s'étaient envenimées avant.

Une énorme boule s'est matérialisée dans mon œsophage.

J'ai retiré ma main de ses cheveux, perturbée par ce qu'il disait ou pourquoi il le disait. Repenser à cette période était difficile. On avait traversé tellement de choses. Mais je savais au fond de moi que j'aurais toujours choisi Jack. Il le savait aussi. J'en étais sûre.

— Tu es saoul, Jack. J'ai secoué la tête et je me suis levée.

— Est-ce que tu m'aurais choisi quand même ? m'a-t-il demandé, les yeux pleins d'anxiété.

Mon cœur s'est pincé. Depuis combien de temps ressentait-il ça ? Est-ce que je ne le l'avais tout simplement pas remarqué ?

J'ai repensé aux moments où j'avais laissé le doute s'insinuer, avant même que le scandale ne vienne bouleverser nos vies. Je savais que mon indécision à donner une autre chance à Jack n'avait pas été la plus convaincante, mais à quoi s'attendait-il ? Bien sûr, j'avais besoin de temps pour aligner ma tête et mon cœur. La vie n'est pas un scénario de film où quelqu'un dit le mot ou la phrase magique qui efface tous les doutes et les idées fausses, et soudain tout le monde comprend et tout est pardonné. Nous étions passés par là. Je pensais qu'on avait dépassé ça.

« Est-ce que tu veux vraiment être avec moi ? Ou est-ce que ça fera trop de publicité si on rompait ? »

J'ai inhalé brusquement. Le fait de savoir qu'il venait d'un endroit si vulnérable et effrayant m'a soulagé, mais ça m'a quand même piquée au vif.

« Laisse tomber. Ne réponds pas ». Jack a expiré et a roulé sur le dos. Il a replié les bras sous sa tête. Son T-shirt léger s'est tendu sur son torse pour révéler une partie de ses abdominaux.

— Je ne sais pas trop comment je suis censée répondre, ai-je essayé, en essayant de ne pas trembler. Je pense que tu me demandes si je t'aime vraiment et si je veux être avec toi ou si je reste avec toi juste pour prouver au monde que je n'étais pas une de tes bimbos. Et franchement, je ne suis pas sûre de ce que ça veut dire sur ce que tu penses de moi. De nous. J'ai croisé les bras, comme pour protéger mon cœur.

Merde, il m'a fait venir jusqu'en Angleterre pour rompre avec moi ? *OK, espèce de folle dingue, arrête ça.* J'ai essayé de prendre une grande inspiration, mais elle s'est bloquée dans ma poitrine. Mes yeux et mon nez ont commencé à piquer pour retenir cette possibilité angoissante. Merde. J'ai soufflé un peu. Et j'ai essayé d'être sur un pied d'égalité avec lui.

« Tu connais la réponse à cette question, Jack. Tu sais que je t'ai choisi et que je le ferais encore, et encore, de mille façons différentes. Je t'aime. Je me bats pour toi. Chaque jour où je ne laisse pas des ragots malveillants entamer ma confiance en toi. Ma foi en toi. En nous. Chaque jour que je vis cette vie avec toi et que je me laisse croire que tu as choisi cette fille normale et ennuyeuse venant d'une petite ville plutôt qu'un millier de reines de beauté... » Ma gorge s'est nouée et je me suis levée, furieuse d'avoir laissé ses divagations d'ivrogne me bouleverser. J'aurais dû le laisser dormir.

Mais il te dit sa vérité sans aucune inhibition. C'est ça qu'il avait à l'esprit.

Ma voix intérieure était vraiment une emmerdeuse.

Il a tendu la main pour attraper la mienne, et il s'en est servi pour se redresser à moitié et s'asseoir, en posant les jambes sur le bord du lit. Le haut de son corps a oscillé un moment, puis il a posé son front sur mon estomac, m'a entourée de ses bras et m'a placée entre ses cuisses.

— Merde, je suis désolé. J'ai trop bu. Il a expiré, son souffle chaud contre mon ventre. Je pourrais me tenir devant un millier de femmes dont on me dit qu'elles sont les plus belles, les plus sexy, tu restes la femme la plus éblouissante du monde. Tu es la *seule* femme au monde. La seule fille que je vois. Son visage s'est relevé vers moi. La seule que je ne verrai jamais.

J'ai enfoncé mes mains dans ses cheveux, en lui tenant la tête.

— Tu es le seul que je vois aussi.

Son visage s'est approché de mon abdomen, sa joue a frôlé mon haut jusqu'à ce que je sente sa barbe contre mon ventre. Sa bouche chaude a suivi, envoyant des frissons sur ma peau.

— Et bien que tu sois loin d'être ennuyeuse... ou normale, a-t-il jouté avec un petit rire, même si la définition - fille normale et ennuyeuse venant d'une petite ville est la description de la fille de mes rêves. Tu as en plus cette peau douce... Sa bouche s'est déplacée sur mon ventre et sa main s'est refermée sur une de mes fesses. Et ce cul incroyable...

— Jack ! ai-je couiné, consciente de la tournure que prenait notre conversation.

Il a levé les yeux. Son regard n'était pas très vif. « Et ce visage incroyablement beau. Ces yeux qui me disent tant de choses sans mots. Ces petites taches de rousseur sexy... »

— Je n'ai pas de taches de rousseur.

— Toutes petites. Mais tu en as, sur le nez et le haut des joues.

J'ai pincé les lèvres.

Jack n'a pas terminé le fil de ses pensées, mais il a reposé son front sur mon ventre et ses mains ont empoigné mon pantalon de pyjama qu'il a tiré doucement vers le bas.

— Qu'est-ce que tu fais, Jack ? ai-je chuchoté et j'ai essayé de retenir ses mains.

— Lâche-moi, Keri Ann.

Quelque chose dans sa voix et dans sa respiration m'a fait obtempérer, et je suis restée immobile tandis que ses mains faisaient descendre mon pantalon de pyjama le long de mes cuisses, puis, jusqu'au sol, après une courte inspiration de Jack qui constatait mon absence de sous-vêtements.

L'air frais de la pièce a saisi la peau de mes jambes.

« Lève les pieds. »

J'ai hésité moins d'une seconde, puis j'ai retiré mes chaussures. Jack a gloussé doucement. L'aller-retour de ses mains chaudes sur ma peau nouvellement dénudée était chaud et pressant.

J'ai retenu mon souffle.

— J-Jack.

— Chh. Il a déplacé sa bouche en baisers chauds le long de mon ventre. Je veux te goûter.

Oh. Seigneur.

Mes jambes ont vacillé alors que mes genoux essayaient de supporter le poids du désir intense qui venait de briser le barrage que j'avais si soigneusement dressé contre mon envie de lui. Mes mains tremblaient, je les ai glissées dans ses cheveux.

« Mon Dieu, j'aime ce son que tu fais. »

— Quel son ? J'ai fait un son ?

La main chaude et rugueuse de Jack a touché l'intérieur de ma cuisse et a immédiatement glissé vers le haut.

— Ouvre tes cuisses plus grand.

Je me suis mise à gémir et à respirer fort. Son état d'ébriété le rendait certainement bavard. Autoritaire. Non pas qu'il ne le soit pas d'habitude.

« Ce son-là », a-t-il dit en gloussant doucement. Ses yeux étaient toujours vitreux, mais maintenant concentrés sur moi.

Mon Dieu, on m'entendait déjà et il n'avait encore rien fait. Il fallait vraiment qu'on arrête. On avait toute la journée du lendemain. De plus, après la quantité de boissons qu'il avait probablement bue...

— Jack, je ne suis pas sûre que tu sois en état de...

Ses doigts ont trouvé mes plis mouillés, déjà prêts pour lui.

Traître de corps.

J'ai poussé un petit cri.

— Oh, putain, Keri Ann. Son juron, sa voix, rude, basse et chargée de désir, étaient aussi puissants que l'excitation fulgurante provoquée par ses doigts en mouvement. Ils ont glissé sur moi, hésitants, taquins, puis commençant un rythme lent et torturant. En serrant les lèvres l'une contre l'autre, pour garder la bouche fermée, j'ai essayé de contrôler ma réaction. C'était inutile.

— Jack, me suis-je exclamée, le corps tremblant.

— Mon amour, a-t-il gémi, ses yeux ne quittant pas mon visage. L'autre main qui tenait ma hanche est remontée le long de ma poitrine, s'arrêtant un instant pour effleurer le bout de mon sein à travers mon haut en coton avant de remonter vers mon cou et ma mâchoire.

Frissonnante, j'ai fermé les yeux en soupirant, augmentant la sensation de ses doigts qui se déplaçaient et glissaient entre mes jambes, concentrés sur leur tâche et faisant des cercles. Mes hanches ont répondu d'elles-mêmes.

« C'est bon ? » a-t-il chuchoté.

J'ai hoché la tête contre sa main sur ma joue, mon pouls battant fort, mes poumons se dilatant et se contractant rapidement.

« Dis-moi », a-t-il dit, et le bout de ses doigts sur mon visage s'est déplacé sur ma bouche pour l'entrouvrir.

— C'est… c'est une sensation incroyable, ai-je bredouillé.

Les doigts de Jack entre mes jambes ont glissé vers l'arrière, puis vers l'avant… et enfin au fond de moi.

« Oh mon… aaah… »

Mon cri s'est brusquement réduit à un long gémissement lorsque ses doigts ont glissé dans ma bouche. J'ai tremblé, mon corps a basculé en avant, pour les sentir plus profondément entre mes jambes, complètement hors de mon contrôle.

— Merde, a-t-il marmonné.

J'ai sucé ses doigts, essayant désespérément de ne pas laisser un son m'échapper. Ce qui a eu pour effet d'intensifier chaque traction et chaque glissement de sa main en bas, alors que ses doigts entraient et sortaient de mon sexe endolori.

« Merde, Keri Ann. Mon amour ». La voix de Jack était étranglée et pas si calme que ça. S'entendre parler devait l'avoir choqué, car il a soudainement retiré ses doigts.

— S'il te plaît, ne… ne t'arrête pas.

En un instant, il s'est levé, a inversé nos positions et m'a allongée sur le lit. Il s'est mis à genoux entre mes jambes.

Oh, mon Dieu.

J'ai croisé son regard noir.

On respirait tous les deux très fort. Je me sentais tellement excitée. Si désinhibée tout d'un coup. J'avais besoin de ça. J'avais besoin de Jack. Ces moments, ces moments bruts et sensuels entre nous, où nos paroles et nos réactions étaient les plus franches, semblaient mettre nos âmes à nu, nous rappelant que « nous ensemble » était plus important que toutes les autres conneries que nous laissions dicter nos humeurs et nos sentiments.

— Je suis loin de m'arrêter. Il a souri et m'a fait un clin d'œil avant que son regard ne se pose sur moi. Tu m'as tellement manqué. Ses doigts qui étaient à l'intérieur de moi sont allés vers sa bouche.

— Mon Dieu, Jack.

Comment pouvait-il me faire sentir comme ça ? Rien n'était choquant avec Jack, c'était naturel et douloureusement excitant.

Il a pressé deux doigts à l'entrée de mon sexe et je me suis retrouvée à me balancer contre eux, mon corps cherchant désespérément un soulagement, une friction. Le plaisir, tout simplement.

« S'il te plaît. »

Un petit rire guttural a retenti quand Jack a rapproché sa tête.

— Qu'est-ce que tu veux, Keri Ann ? a-t-il chuchoté.

La gêne a commencé à me crisper le ventre, s'insinuant dans mon esprit. Son souffle était si proche de l'endroit où j'avais besoin de lui, il me rendait nerveuse et un peu honteuse d'avoir tant envie de ça.

— Tu sais bien ce que je veux.

— Je veux que tu me le demandes. Il n'y avait aucune taquinerie dans sa voix, juste un pur besoin.

— Toi. Je te veux, ta bouche, tes mains ; n'importe. J'ai envie de toi. S'il te plaît. Ma voix s'est brisée.

— Mon Dieu, j'adore entendre ça, tu n'as pas idée. Il a marmonné le dernier mot alors que sa bouche entrait en contact avec moi, sa langue chaude me caressant. Ses doigts ont pénétré profondément en moi, me forçant à expirer, le soulagement et la tension du plaisir mélangés ensemble. Il s'est retiré et a recommencé à me caresser en un rythme lent et sensuel.

Une chaleur torride et vertigineuse me tordait l'estomac et

se déversait dans mes veines. Mes mains se sont agrippées aux cheveux de Jack, aux draps, et finalement, et plus utilement, à l'oreiller. Je me suis retenue, essayant de garder mes réactions sous contrôle, en silence, en serrant les dents et en endurcissant mon corps. Avec le besoin de ne pas faire de bruit, j'étais sous pression et mon corps ne faisait que se crisper davantage. Et puis j'ai dépassé le point de non-retour, et pourtant le plaisir continuait à monter. Jack était implacable et concentré, sa langue et ses mains n'étaient pas du tout affectées par l'alcool qu'il avait manifestement consommé.

Je m'effondrais. Je dévalais une piste alors que des boulons et des attaches cédaient en moi, mais je ne pouvais pas lâcher prise. Ou peut-être que je ne pouvais tout simplement pas m'arrêter. Je me suis plaquée contre la bouche de Jack.

Sa main libre me maintenait au sol, ses doigts agrippaient ma cuisse, un gémissement semblait s'échapper de sa gorge, vibrant contre moi.

— Je ne peux plus...

J'ai essayé. Mais ensuite, j'ai explosé. J'ai fermé les yeux, retenant les larmes désespérées qui sortaient de nulle part. Je me suis cambrée sauvagement contre sa bouche, d'une main je maintenais son visage contre moi, de l'autre j'ai plaqué l'oreiller sur ma bouche, mon orgasme m'a envahie et j'ai crié en silence.

Un son désespéré est venu de Jack, et j'ai soudainement été tirée vers l'avant du lit et sur ses cuisses. Sa bouche a trouvé la mienne, et j'ai goûté mon propre goût mélangé à celui du whisky fumé sur sa langue alors qu'il m'embrassait profondément, ses bras comme des cercles d'acier autour de mon corps.

JACK AVAIT LA gueule de bois et je devais le faire revenir à un état optimal le plus vite possible. J'avais préparé des œufs et du bacon, du café noir et du jus d'orange, et le Paracétamol, dont Charlotte m'avait assuré qu'il était identique au Tylenol, m'attendait. Nigel devait arriver une heure plus tard pour nous emmener déjeuner chez Max et récupérer la voiture de Charlotte que Jack avait abandonnée. Charlotte et Jeff étaient partis à l'aube.

J'ai ouvert la porte avec le verre de jus d'orange et un comprimé.

— Debout les braves, ai-je chanté en me tenant au-dessus de la masse dans le lit. Sa tête était coincée sous un oreiller, et il a longuement gémi. J'ai quelque chose pour toi, ai-je ajouté.

— Est-ce que ça t'inclut, nue ? a demandé sa voix bourrue et désincarnée.

— Euh, non.

— Alors je n'en veux pas.

— C'est mieux que ça, lui ai-je assuré.

Il a jeté l'oreiller hors du lit, révélant une mine renfrognée et des cheveux dans tous les sens. Il a levé les yeux pour me regarder.

— Il n'y a rien de mieux que ça.

— Il y a un antidouleur que tu pourrais vraiment apprécier si je me déshabille.

Il m'a regardée un peu plus longtemps, puis a tendu la main.

J'ai glissé le comprimé dans sa paume et j'ai tendu le verre alors qu'il se redressait sur un coude.

— Pourquoi es-tu si joyeuse ? a-t-il demandé. Tu n'es pas censé être en colère contre moi ou quelque chose comme ça ?

— C'est ce que tu cherchais ?

— Non. J'ai été un vrai connard. Je suis désolé. Je n'aurais pas dû partir comme ça sans te dire où j'allais.

— Ou prendre la voiture de ta mère et qu'elle soit obligée de se lever à cinq heures ce matin pour aller en ville avec Jeff.

— Merde. T'es sérieuse ? Oh noon. Il a laissé tomber sa tête dans ses mains.

— Je plaisante. Elle est partie tôt, mais seulement parce qu'elle avait prévu de le faire de toute façon. Tu dois sortir ton cul du lit pour qu'on puisse aller chercher sa voiture. Nigel sera bientôt là.

— OK, tu es en colère contre moi en fait.

— Non. Pas du tout. Pas après ce que tu m'as fait la nuit dernière. J'étais vexée et inquiète pour toi, on l'était tous. Mais plus après... Maintenant, lève-toi, mais prends d'abord une douche, tu sens le vieux pub.

— Mmm... quand tu dis ce que je t'ai fait la nuit dernière, tu fais référence à l'orgasme fracassant que je t'ai procuré ? Parce que j'ai l'impression que ça devrait être un laissez-passer pour toute connerie future aussi.

— Je n'arrive pas à croire que tu t'en souviennes, pour être honnête. Je pense que tu étais pas mal bourré.

— Ma chérie, c'était si intense, j'ai pratiquement joui rien qu'en te faisant jouir. Je l'aurais probablement fait, si j'avais été sobre. Crois-moi, je ne suis pas près d'oublier ça de sitôt.

— Aussi incroyable que c'était...

— Aussi incroyable ? Non, époustouflant... aussi époustouflant que c'était... continue.

J'ai ramassé un petit oreiller et le lui ai lancé. Il l'a attrapé à la volée.

— Aussi époustouflant que c'était, ai-je concédé, ce n'est certainement pas un laissez-passer pour de futures conneries.

Il m'a fait un sourire sexy.

— Ah bon ? Je vais devoir essayer de faire mieux la prochaine fois.

— Je suppose que oui. J'ai écarquillé les yeux et haussé les épaules, en jouant l'indifférence. Bon, allez !

Il a laissé échapper un rire grave et a laissé tomber sa tête sur le lit.

— Tu n'as pas besoin de venir avec moi pour récupérer la voiture. Je peux être de retour dans quelques heures.

— Eh bien, je veux rencontrer Max, donc je suppose que tu devras supporter ma compagnie. On déjeune avec lui.

— Ah oui ? On déjeune avec lui ? Un grand sourire s'est répandu sur son visage injustement beau malgré sa gueule de bois. Mais ça va être genre... ses yeux se sont agrandis de façon spectaculaire. En public, a-t-il chuchoté en faisant une grimace.

— Je sais. J'ai souri. On se retrouve en bas.

— Attends, a-t-il dit en se redressant brusquement, puis il a grimacé et s'est pris la tête entre les mains. Merde.

— Quoi ?

— Merde. On est enfin seuls ensemble dans la maison et il n'y a aucune chance que je t'attire dans ce lit avec moi, n'est-ce pas ? Il a pris une autre gorgée de jus de fruits.

— Réponds-moi. Est-ce que ta langue décapée par l'alcool ressemble à une planche de fakir ?

Jack a pouffé et s'est étouffé avec son jus.

Je me suis approchée et j'ai tapé dans son dos musclé, secouant la tête en signe de pitié.

— Eh bien, il n'y a aucune chance que je t'embrasse.

— Vilaine sorcière.

* * *

LE TRAJET jusqu'à Hastings a pris un peu plus d'une heure. Jack, se sentait mieux avec le ventre plein et quelques analgésiques et nous étions tous les deux installés à l'arrière, moi appuyée contre lui, serrée contre sa poitrine dans une étreinte confortable. Je voulais regarder le paysage, mais nous avons tous les deux fini par somnoler.

Il faisait froid et clair sur la côte.

— La ville s'appelle St. Leonards-on-Sea. Par temps très clair, on est censé pouvoir apercevoir la France, a murmuré Jack, en suivant mon regard par la vitre lorsque nous sommes arrivés. Les nuages blancs se reflétaient sur l'eau. En y regardant de plus près, après que Nigel nous ait amenés près de la digue, la Manche était aussi marron et agitée que l'océan dans ma région du monde. Mais il n'y avait pas de marais ici. Juste des rochers, des plages de galets, et un tas de mouettes perchées sur les piliers des jetées. Au loin, il y avait une flotte de bateaux de pêche aux couleurs vives. Il faisait un froid glacial dans la bise marine et mes cheveux fouettaient mes joues.

Je me suis détournée de la mer et du vent. La ville était nichée entre des falaises abruptes. La route qui longeait la digue était bordée de lampadaires enveloppés de décorations de Noël et de lumières qui devaient être magnifiques la nuit.

La maison de Max, en face de nous, était de style victorien, rénovée, peinte en gris pâle et dotée d'immenses fenêtres. C'était magnifique. La vue sur la mer devait être époustouflante de l'intérieur. Jack nous avait expliqué que loin d'être une auberge, il s'agissait plutôt d'un boutique-hôtel de luxe. Il n'y avait pratiquement pas de piétons dans les environs, car il s'agissait d'un quartier essentiellement résidentiel. Quelqu'un aurait pu prendre une photo avec son smartphone si on nous avait reconnus, mais les chances que les paparazzi nous trouvent ici semblaient minces.

— Tu penses que ça dérangerait Max si on se promenait d'abord sur la plage ? ai-je demandé. Avec un rivage aussi caillouteux, je suis sûre qu'il doit y avoir du verre dépoli ici.

Il a sorti son téléphone.

— Je vais lui envoyer un texto pour lui dire que nous serons là dans environ... combien de temps ?

— Une demi-heure ?

Il a hoché la tête et ses pouces se sont mis au travail. Puis nous avons dit au revoir à Nigel et trouvé des escaliers menant à la plage de galets.

— Je ne resterai pas longtemps dans ce froid. J'ai poussé un cri alors qu'une rafale particulièrement glaciale fouettait mon jean et mon pull épais. Nous avions laissé les vestes cirées à la maison en raison des prévisions de temps clair. Au moins, je savais que l'Angleterre était capable d'avoir un ciel bleu.

Jack a pris ma main.

— Alors pourquoi ce changement d'avis sur le fait d'être vus en public ?

J'ai soupiré en essayant d'organiser ma pensée. Après que Charlotte et moi ayons parlé la veille, c'est la première chose à laquelle j'avais pensé en me réveillant. Ma peur de la notoriété forçait-elle Jack à morceler sa vie et à la compartimenter encore plus ? Le faisant se sentir, comme Charlotte l'avait suggéré, de plus en plus creux dans sa vie professionnelle ? Si oui, c'était la chose la plus injuste que je pouvais faire. Et avec tout ce cloisonnement, cela l'empêchait-il de redevenir entier, en paix avec son passé ? On avait toujours été en harmonie parfaite dans notre vie sexuelle, mais est-ce que je nous donnais vraiment une chance ? J'avais l'impression que venir ici avec Jack, rencontrer Max et l'aider à intégrer une petite partie de sa vie passée, était au moins un pas dans la bonne direction.

— Je ne recherche pas ça, et cette ville côtière endormie ne compte guère comme une sortie en public... mais...

Jack m'a entourée de son bras et m'a serrée contre lui pendant que nous marchions.

— Mais ?

— Peut-être que je me suis comportée bizarrement avec ça. Je veux dire que plus vite tout le monde s'habituera à nous voir ensemble moins ce sera un problème. Non pas qu'ils prendront moins de photos de toi, mais peut-être que je ne me sentirai pas comme une telle... bête de foire.

Il a ri.

— Oui, je crois que c'est ce que je t'ai dit. Quoi qu'il en soit, tu as été très aimable chaque fois qu'ils se sont mis dans nos pattes. Je pense que tu verras qu'ils ne pourront pas s'empêcher de tomber amoureux de toi. Il n'y a pas eu une seule chose désobligeante écrite sur toi depuis que toute cette merde avec Audrey est finie.

— Comment tu le sais ? Tu cherches des trucs sur moi aussi ? J'ai levé les yeux vers lui, cessant soudain mon exploration du sol.

— Mon attachée de presse garde des traces pour moi... Et maintenant pour « nous ».

— Mmm.

— C'est pour quoi ce « mmm » ?

— Écoute, Jack. Je sais que tu m'as protégée en quelque sorte, et j'apprécie vraiment ça.

— C'est pour moi aussi, tu sais. Je n'apprécie pas non plus d'être la proie des ragots.

— Je sais, mais laisse-moi finir. Je lui ai souri. J'apprécie que tu me protèges, c'est ce que tu as promis de faire. Mais peut-être que ça te donne l'impression d'être... un peu seul, exposé, alors que je suis en sécurité dans ta vie en dehors du cinéma.

On s'est arrêtés de marcher, on s'est tournés l'un vers l'autre, et j'ai passé mes bras autour de sa taille. « Tu as fait beaucoup d'efforts pour moi, et peut-être que je n'en ai pas fait autant pour toi. »

Jack a froncé les sourcils tandis que ses yeux verts scrutaient mon visage.

« Tu as dit des choses hier soir... »

— J'étais ivre, je suis désolé. Il a levé la main pour la passer dans ses cheveux.

— Ne le sois pas. Je sais que tu as tout ça en tête, et peut-être que le fait d'être un peu bourré hier soir, t'a aidé à me parler de ce que tu ressentais.

— Je ressentais surtout du désir pour toi, a-t-il gloussé.

J'ai secoué la tête avec un petit sourire.

— Tu es incorrigible. Mais tu as aussi l'impression d'être le seul à t'être battu pour nous.

— C'était stupide de dire ça. Encore une fois, je suis désolé.

— Ce n'était pas stupide. Du tout.

MAX s'est avéré être totalement charmant et avoir les pieds sur terre. Il avait un visage gentil, rond, mais très beau et il était prompt à sourire et à rire. Nous l'avons rejoint dans une petite salle à manger à l'arrière du restaurant lumineux appelé *Pier Nine*. C'était un espace magnifique avec des sols en bois d'origine et de hauts plafonds.

— L'élégance classique victorienne rencontre le chic contemporain de la plage, a dit fièrement Max. L'arbre de Noël dans un coin était composé de bois flotté empilé les uns sur les autres et drapé de coquillages peints et de lumières blanches. C'était exactement mon style. Je me suis empressée de demander à Max tout ce qu'il fallait savoir sur le fonctionnement d'un petit hôtel-restaurant.

Les plats, une version moderne du *fish and chips*, étaient délicieux, et bien que nous n'ayons pas très faim, Jack et moi nous sommes gavés.

Il était évident que Max pensait beaucoup de bien de Jack, et il m'a confié, devant son *pudding* - j'en ai laissé plein - et une tasse de café, que William Huntley avait été son meilleur ami et qu'il n'avait jamais eu d'autre ami comme lui après que Jack ait quitté l'école si soudainement à neuf ans. Jack a dégluti mal à l'aise à côté de moi et a rougi, mais il n'a pas dit un mot. J'ai pensé que cela avait pu le surprendre à l'en rendre muet.

Intérieurement, j'étais heureuse que Max se confie à moi. Peut-être que cela aiderait Jack à intégrer son enfance dans sa vie actuelle, à l'accepter comme faisant partie de ce qu'il était ?

— Est-ce que tu retournes parfois voir ton école ? ai-je demandé soudain, sur un coup de tête.

Jack s'est crispé à côté de moi, mais j'ai fait semblant de ne pas le remarquer, ayant posé la question de façon naturelle à Max.

— Bien sûr, a répondu Max avec son accent britannique. J'essaie toujours d'y retourner une fois par an et de faire un petit tour. Pour voir comment ça se passe. Ils sont toujours en train de collecter des fonds pour ceci ou cela. J'essaie d'aider, tu vois ? Bien que l'internat ne soit plus ce qu'il était, c'est plutôt un externat maintenant.

— J'aimerais y retourner pour voir, a dit Jack.

Je me suis tournée vers lui, surprise.

— Il n'y aura pas beaucoup de monde pendant les vacances de Noël, a dit Max. Juste une équipe minimum. Mais je parie que nous pourrions y aller la semaine prochaine. Il y aura sûrement une accalmie après Noël et *Boxing Day* ici.

— C'est quoi *Boxing Day ?* ai-je demandé.

— Le lendemain de Noël, c'est aussi un jour férié, a répondu Jack avec un petit sourire, comme s'il venait de retrouver la mémoire. Il s'agit de l'époque où les domestiques recevaient une « *Christmas Box* » et un jour de congé de la part de leurs maîtres ou de leurs employeurs afin qu'ils puissent, à leur tour, aller offrir une « *Christmas Box* » à leurs familles. Un parfait vestige de la noblesse britannique. Son visage s'est assombri. Vraisemblablement, Jack pensait à ses racines bourgeoises. Et à son méprisable père.

— Alors peut-être le jour d'après ? a proposé Max.

— Parfait, ai-je gazouillé et j'ai serré le genou de Jack sous la table.

Sa main a attrapé la mienne et l'a maintenue en place.

— Tu viendras avec nous ? m'a demandé Jack l'air sérieux. Son visage était sans expression, mais je savais que c'était une énorme charge mentale pour lui d'aller affronter certains de ces premiers souvenirs.

— Bien sûr. J'en serais ravi, ai-je dit avec désinvolture, mais j'ai serré fort son genou pour lui faire savoir à quel point j'étais là pour lui.

— Bon, maintenant, Max s'est étiré et s'est tapé sur le ventre. Je suppose que tu n'as pas d'amies célibataires aussi charmantes que toi qui cherchent un gentil Anglais ? On peut les faire venir en avion pour le Nouvel An ? Je n'ai pas de cavalière pour le 31.

Je n'arrivais pas à croire que Max n'avait pas de copine.

— Sa meilleure amie est amoureuse de son frère, donc c'est non, a répondu Jack pour moi.

— Oh, voyez-vous ça. Les yeux de Max se sont écarquillés. Alors les relations incestueuses interfamiliales dans les états du sud sont aussi fréquentes qu'on le dit ? Je pensais que c'était juste un stéréotype exagéré. Et je pensais que le pire c'était entre cousins. Waouh!

J'étais abasourdie et je suis restée muette, et Jack a soudainement perdu son sérieux et a éclaté de rire si fort qu'il a dû reculer sa chaise et pencher la tête en arrière en se tenant les côtes.

« Quoi ? » a demandé Max, perplexe, et j'ai fini par lâcher

un petit rire à voir la réaction de Jack, qui apparemment ne pouvait pas s'arrêter de rire, et de Max, qui secouait toujours la tête. Heureusement, notre repas ayant traîné en longueur, nous étions les derniers clients de l'établissement, et seuls quelques serveurs curieux ont passé la tête par le passe-plat.

— Pas son propre frère ! a dit Jack, qui pleurait littéralement.

— *Mon* frère, ai-je dit en riant. Ma meilleure amie est amoureuse de *mon* frère.

— Aaah. Max secouait les épaules alors qu'il se joignait à l'hilarité de Jack. Aaah bien, et qu'est -ce que c'est que cette nouvelle mode des stars de cinéma qui tombent amoureuses de gens ordinaires ? J'ai entendu dire qu' Evan Weston était le dernier à être tombé au champ d'honneur. J'ai adoré son film « Représailles » au fait.

— Oh oui, c'était un bon film. C'est un dur à cuire, a dit Jack.

— Y a-t-il des actrices avec lesquelles tu pourrais me brancher ? Je pourrais avoir une petite aventure à la Notting Hill, mais ici à Hastings.

On a continué à rire et à bavarder pendant une heure, jusqu'à ce que Max dise qu'il allait chercher quelque chose et qu'il revenait. Il est réapparu avec un objet enveloppé dans une serviette qu'il a tendu à Jack.

Jack l'a pris à deux mains et l'a posé sur la nappe blanche en face de moi.

— C'est quoi ? ai-je demandé, gênée.

Jack a enlevé la serviette et dévoilé un petit bocal rempli de verres dépolis de toutes les couleurs.

— Cadeau du septième jour, a-t-il murmuré.

— Jack a oublié ça hier. Cet abruti romantique a passé tout

l'après-midi d'hier à me demander de l'aider à trouver du verre sur la plage, pas vrai ? a dit Max comme si c'était l'idée la plus farfelue à laquelle il ait participé.

La bulle de la taille d'une boule de bowling remplie d'émotions bizarres était de nouveau dans ma gorge, provoquant une montée soudaine de larmes.

Jack a glissé sa main autour de ma nuque et a posé un léger baiser sur ma tempe.

— Ne pleure pas, a-t-il chuchoté.

— Désolée. J'ai reniflé et lui ai adressé, ainsi qu'à Max, un sourire larmoyant. Merci. Merci à vous deux.

— De rien, a dit Max dans un grognement. Cela m'a appris une chose ou deux. Imagine, s'il avait coaché mes tentatives romantiques plus tôt, j'aurais peut-être déjà une petite amie ? Puisque c'est comme ça, il est obligé de me trouver quelqu'un. Tu veux bien l'aider ?

J'ai rigolé.

— Oui, je ferai ça.

— Ce fut un plaisir, Max, a dit Jack à son ami. Merci pour tout. Keri Ann et moi avons *The Grange* pour nous seuls ce soir, alors on ferait mieux d'y aller pour en profiter.

Mes joues sont devenues rouge pivoine. *Bon sang, Jack.*

— D'accord, mon vieux. N'en dis pas plus. Max s'est levé. Je t'appellerai pour la semaine prochaine.

On s'est dit au revoir et on s'est dirigés vers le parking.

Jack s'est arrêté dans l'embrasure de la porte menant au patio et m'a prise dans ses bras.

En regardant autour de moi, pour m'assurer que nous n'étions pas observés, je lui ai lancé un regard perplexe.

Il me souriait, puis il a baissé la tête et il a posé ses lèvres sur les miennes.

— Mmm. Il m'a relâchée, puis a tendu le bras et a volé un morceau de décoration accroché au grand cadre de la porte.

— Jack, arrête de vandaliser cet endroit, l'ai-je taquiné.

— C'est du gui. Du gui de voyage, maintenant. On ne sait jamais quand je pourrais en avoir besoin. Il a fait un sourire de côté, sa fossette creusant sa joue, et a mis le feuillage dans sa poche. Rentrons à la maison et mettons-nous à poil.

NEUF

C'était une sensation grisante d'être sortis pour déjeuner et de rentrer en voiture sans s'inquiéter que quelqu'un nous suive, ou que nous nous réveillions le lendemain avec un article débile dans les journaux. C'était vraiment libérateur.

— J'ai adoré rencontrer Max, ai-je dit à Jack pendant que nous roulions. Il est tellement sympa. Et j'ai adoré ce qu'il a fait de cette maison.

— Ouais, c'est un bon gars. Je suis content qu'on ait repris contact. Jack a jeté un coup d'œil dans le rétroviseur latéral et a changé de vitesse. Il avait remonté ses manches et dénudé ses avant-bras en montant dans la voiture, et j'avais du mal à en détacher mon regard alors qu'il conduisait.

— Qu'est-ce que tu regardes ? a-t-il demandé, en me jetant un coup d'œil avant de reporter son regard sur la route de campagne.

— Tu as les avant-bras les plus sexy du monde, ai-je admis.

— Les avant-bras ? Tu as un faible pour mes avant-bras ?

90

Comment ai-je pu ne pas remarquer ? Je les aurais brandis devant toi dès le premier jour.

J'ai gloussé.

— C'est ce que tu as fait.

— Attends. Alors c'est pour mes avant-bras depuis le début ?

— Peut-être. J'ai haussé les épaules et regardé le paysage, en essayant de réfréner mon sourire stupide.

— Intéressant. La voiture a tourné dans l'allée de *The Grange*, et mon cœur s'est mis à battre plus vite quand la ferme est apparue. Donc, je dois juste me débarrasser de ça et m'excuser.

J'ai tourné la tête et je l'ai regardé perplexe.

— De quoi tu parles ?

Jack est sorti et a fait le tour de la voiture. Il m'a aidé à descendre dans la lumière de fin d'après-midi et a fermé ma portière. Prenant mon visage dans ses mains, il a déposé un long baiser lent et prolongé sur mes lèvres.

— Parce que c'est à peu près la chose la plus lente que je puisse faire en ce moment, m'a-t-il dit en relâchant ma bouche, les yeux sérieux.

J'ai lâché un rire léger, embrumant l'air froid entre nous avec de la buée.

— Donc même si cela signifie que ce qui va suivre sera plus rapide, je pense que je dois te dire quelque chose.

Il a levé un sourcil et tordu la bouche.

Je me suis mordu la lèvre.

— Eh bien, euh, je... heu... J'ai gloussé maladroitement. Je prends la pilule... enfin. Joyeux Noël.

Jack a ouvert la bouche, puis l'a refermée. Puis il a dégluti bruyamment.

— Alors, a-t-il dit d'une voix rauque, puis il s'est raclé la gorge. Hum...

J'ai attrapé sa main et l'ai entraîné vers la maison.

C'était la maison de sa mère, et bien que nous soyons seuls, j'ai pensé que nous devrions probablement nous limiter à la chambre par déférence. Mais dès que nous avons franchi la porte d'entrée, Jack avait un bras autour de ma taille et un autre emmêlé dans mes cheveux, orientant mon visage comme il fallait. Sa bouche chaude était sur la mienne, et je me suis ouverte à lui, gémissant lorsque sa langue a glissé en moi.

J'ai vaguement entendu son pied donner un coup de botte à la porte d'entrée derrière nous, et la lumière derrière mes paupières a diminué. Mais les seules choses dont j'étais consciente, c'était le goût de Jack et les terminaisons nerveuses qui s'enflammaient dans le sillage de l'une de ses mains, qui descendait vers mes fesses, les serrant et m'attirant fermement contre lui. Ses cheveux étaient doux sous mes doigts tandis que je buvais son baiser.

Un long gémissement a émané de lui, et nous nous sommes dirigés maladroitement vers les escaliers.

Malgré mon orgasme de la nuit dernière, le désir est revenu en trombe en quelques secondes. Jack n'avait pas eu ce plaisir et je le sentais dans ses mouvements, ses baisers, sa respiration et l'urgence de ses gestes. Et je savais que ma nouvelle avait ajouté une fièvre probablement inutile à son désir. Cela n'a fait qu'alimenter l'étincelle du mien, et en quelques instants, nous étions tous les deux pris dans un torrent de tâtonnements, d'agrippements et de mouvement désordonnés pour nous rapprocher.

Mon pull a volé au-dessus de ma tête et a atterri sur le sol. Le sien a suivi. Puis mes mains ont tiré aveuglément sur les boutons de son jean entre nous pendant que je l'embrassais à nouveau.

J'ai essayé de nous faire marcher à reculons pour que nous puissions aller dans notre chambre. Mes pieds ont trouvé la première marche et j'ai arraché ma bouche de celle de Jack, nous respirions fort tous les deux. En regardant Jack dans les yeux, j'ai monté deux marches en souriant.

Il m'a suivie et m'a embrassée à nouveau, glissant sa main sous mon T-shirt à manches longues.

J'ai retiré ma bouche et fait un pas de plus.

Ses paupières étaient lourdes dans la lumière tamisée, et soudain, je me suis retrouvé le dos collé à son front et son souffle dans mon oreille. J'ai poussé un petit cri à cause du mouvement soudain.

— J'ai tellement envie de toi, a-t-il grogné, et ses mains étaient sous ma chemise, pétrissant mes seins, parcourant mon ventre et défaisant mon jean. Ses gestes étaient saccadés et fébriles, et l'idée qu'il était en train de perdre tout contrôle m'a bouleversée.

J'ai crié lorsque sa main a pénétré dans mon jean et entre mes jambes.

« Putain », a-t-il gémi alors que ses doigts me trouvaient prête pour lui.

J'avais du mal à respirer, et ma poitrine se gonflait tandis que mon corps souffrait et palpitait. Complètement perdue dans l'instant, je l'ai aidé à descendre mon jean jusqu'à mes cuisses et quelques secondes plus tard, mes mains se sont retrouvées derrière moi, sur une marche d'escalier en bois usé, et j'ai poussé un grand cri lorsque Jack m'a pénétrée d'un coup.

« Oh, Seigneur, s'est étouffé Jack. Je suis désolé mon amour. »

Je n'avais pas de mots. Il pensait qu'il m'avait fait mal ? Peut-être que oui, l'extase et l'excitation étaient si fortes que c'en était douloureux. Mais la sensation de lui en moi, sans rien entre nous, était presque trop forte pour y penser sans perdre la tête. Est-ce qu'il ressentait la même chose ? J'ai soulevé les hanches, ne pouvant articuler qu'un gémissement de désir à cette sensation brute.

« Oh, mon Dieu, a sifflé Jack entre ses dents et il a profité de mon mouvement pour s'enfoncer davantage. C'est tellement bon d'être en toi. Je ne peux pas... »

— Encore, ai-je enfin pu murmurer.

Il a donné d'amples coups de reins et j'ai ondulé désespérément des hanches pour sentir davantage de choses. Le sentir lui, et tout ce qu'il avait à donner. Et il a tout donné. Ses mains ont agrippé mes hanches, mes cheveux, mes seins. La perte de son contrôle, sa rudesse, le fait de savoir à quel point il me désirait, m'ont fait atteindre un orgasme foudroyant en quelques secondes.

Je me suis tendue, mes jointures étaient blanches sur la marche alors qu'une vague de pur plaisir m'envahissait. J'ai su que Jack l'avait sentie, j'ai su quand il a joui aussi, me rejoignant dans la succession de vagues plus délicieuses les unes que les autres. Le son qu'il faisait s'est gravé dans mon cœur.

Tout était fini en quelques minutes, et nous sommes restés emmêlés et en sueur dans les escaliers.

— Même pas à mi-chemin, ai-je gloussé alors que j'essayais de reprendre mon souffle. Jack a ri aussi, laissant tomber un front moite dans mon cou.

— Waouh, a-t-il soufflé en déposant un baiser sur la peau sensible sous mon oreille. Je suis désolé, c'était rapide.

— Ne sois pas désolé. C'était... euh, intense.

— Sans déconner. Il s'est retiré et m'a entraînée avec lui, m'aidant à remonter mon jean. Puis je me suis retrouvée dans ses bras, portée dans les escaliers.

« Allons continuer ça au lit ».

* * *

Nous avons passé le reste de l'après-midi et la plupart de la soirée au lit. Jack ne semblait pas pouvoir se remettre de la sensation d'être en moi.

— Je pense, a-t-il dit à un moment donné, alors qu'il était allongé entre mes jambes, en moi, mais sans bouger, que je vais rester comme ça pour toujours.

— Je suppose que tu pourrais faire des doublages, ai-je dit pince-sans-rire.

— Oui, a-t-il déclaré, surpris par mon incroyable idée. Fantastique.

— Mais moi, qu'est-ce que je vais faire ?

— Tu veux dire que tu ne veux pas rester là à ne rien faire ?

— Ha, ha !

Il a commencé à remuer doucement en moi.

— Même quand je fais ça ?

Je me suis mordu les lèvres. Il a penché la tête et arrondi le dos de manière à pouvoir attendre mes seins. L'angle obligeait son pubis à appuyer plus fort contre le mien.

Je respirais plus difficilement.

« Ou ça », a -t-il murmuré en me léchant un téton et en le prenant délicatement entre ses dents.

— Eh bien, si tu y vas par là, ai-je dit dans un souffle. J'ai soulevé les jambes et les ai enroulées autour de son dos.

Les yeux de Jack ont trouvé les miens, ses paupières sombres baissées, un rictus autour de sa bouche.

— Je t'aime, Keri Ann, a-t-il dit, plus sérieux. Je t'aime tellement.

J'ai fermé les yeux brièvement, m'imprégnant de ses paroles.

— Je t'aime aussi, Jack.

— Ces mots te semblent-ils parfois inadaptés à ce que tu ressens ?

— Toujours, ai-je répondu.

En se soulevant, il a pris mes mains et les a enfoncées dans le matelas. Ses genoux ont trouvé un appui et il a donné de plus amples coups de reins. Le lit a grincé et gémi sous nos mouvements. Mes chevilles restaient bloquées autour de lui.

— Un jour, a-t-il râlé, la rougeur de l'excitation luisait sur sa peau et assombrissait ses yeux. Un jour, quand je serai en toi et que je me laisserai aller, je penserai à la magie de la création d'un bébé et à la façon dont le fait de t'aimer comme ça peut créer quelque chose d'aussi incroyable.

La profondeur de l'émotion sur son visage, dans ses yeux, a bloqué ma respiration.

« Je veux connaître ça avec toi un jour, Keri Ann. Je veux tout connaître avec toi. »

Ma poitrine s'est remplie d'amour à ces mots. Même si je savais que lorsqu'il disait « un jour » cela démentait le fait qu'il y pensait même maintenant, je savais qu'il attendrait avec moi. Qu'il attendrait que je sois prête. Jusqu'à ce que nous soyons prêts tous les deux. C'était un sentiment si sûr que je me suis demandé pourquoi j'avais paniqué la veille quand j'avais cru qu'il parlait de notre avenir.

— Je veux tout connaître avec toi aussi, Jack, me suis-je

jurée et j'ai imaginé que je pouvais voir la promesse entrer dans son cœur.

On a encore fait l'amour doucement. En nous donnant lentement du plaisir et en respirant à l'unisson. Et nous avons joui ensemble.

* * *

— C'EST NOËL ! Et il neige. Réveille-toi ! Jack a gémi et a roulé à côté de moi. J'étais assise dans le petit lit jumeau de la chambre bleue et je regardais par la fenêtre à côté de moi. Le paysage était blanchi sous une fine couche de neige, tandis que d'autres flocons voltigeaient contre les fenêtres.

— Joyeux Noël, sorcière, a-t-il gloussé en dormant.

— *Ta* sorcière, ai-je corrigé.

— Oui, a-t-il concédé. Rien qu'à moi.

Depuis que Charlotte et Jeff étaient rentrés de Londres, nous avions pris l'habitude de dormir enroulés l'un contre l'autre dans le petit lit de la chambre bleue depuis que nous avions découvert qu'il était solide comme un roc et ne faisait pas de bruit. Même si nous ne pouvions toujours pas faire de bruit. Cela avait donné lieu à quelques moments volés intenses les jours précédant Noël.

— Il neige ! Cela ne suffit pas à te faire sortir du lit ? Je n'ai jamais vu de neige. Je ne l'ai même jamais vue tomber. Je ne l'ai jamais touchée !

Jack a ouvert les yeux et a plissé les yeux.

— Tu plaisantes ?

— Non, je suis sérieuse.

— Eh bien, ça alors ! Il s'est assis, le drap a glissé et révélé son beau torse nu, puis il a balancé ses jambes sur le côté. On ferait mieux de remédier à ça immédiatement, alors.

— Merci, ai-je lancé avec un grand sourire, heureuse qu'il comprenne enfin l'importance de la situation. J'ai planté un baiser entre ses omoplates.

Nous avons enfilé nos vêtements, et j'ai descendu les escaliers deux par deux, manquant de me briser le cou lorsque j'ai glissé sur les trois dernières marches. Heureusement, Jack était juste derrière moi et a attrapé mon pull dans un réflexe rapide comme l'éclair.

— Doux Jésus, petite folle ! Tu viens de me foutre la trouille. Ralentis un peu.

— Écoute-toi, tu es tellement britannique ! Merci, Sir Jack, ai-je plaisanté, mais mon cœur battait à tout rompre à cause de la quasi-catastrophe.

Nous avons enfilé nos bottes et nos vestes Barbour, et Jack a pris nos gants dans le panier près de la porte d'entrée. J'étais littéralement comme une enfant étourdie le matin de Noël lorsque j'ai ouvert la porte d'entrée dans le souffle froid de l'hiver.

Jack m'a ramenée dans l'encadrement de la porte et a déposé un baiser sur mes lèvres.

— Quoi ? ai-je demandé avec impatience.

— Du gui, a-t-il marmonné, en faisant un signe de tête vers l'endroit où il l'avait accroché au-dessus de la porte d'entrée. Je ne laisserai pas passer ma chance.

Mon Dieu, il était mignon.

J'ai soufflé et lui ai fait un sourire, puis je l'ai traîné dehors par la main et autour de la maison, m'émerveillant des traces de nos bottes dans la neige fraîche et vierge. J'ai lâché sa main et je me suis mise à tourner lentement sur moi-même.

— Nous sommes dans une boule à neige, ai-je murmuré avec émerveillement. Puis je me suis arrêtée et je suis restée là à sentir les flocons glacés qui tombaient brièvement sur ma peau et se transformaient en eau.

— Goûte-les, a dit Jack en penchant la tête en arrière et en tirant la langue.

J'ai fait de même en riant. Les petites gouttes glacées ont piqué ma langue. Elles ont fondu en une quantité minuscule d'eau, et le goût était vaguement... poussiéreux.

— Oh, elles n'ont pas un goût aussi génial qu'elles en ont l'air.

— Hmm, une saveur unique de ville minière, a dit Jack. Avec une touche nordique. Newcastle, peut-être ?

— Eh bien, l'eau s'évapore dans l'air en provenance de quelque part, ai-je dit avec un petit rire. Tu pourrais avoir raison.

Jack s'est penché et a utilisé ses deux mains pour récupérer un peu de neige, laissant une bande d'herbe sombre exposée.

— Maintenant, si c'est de la neige collante, on a de la chance.

— Pourquoi ça ? ai-je demandé, puis j'ai perçu la malice dans ses yeux. Oh non, tu ne vas pas faire ça ! J'ai poussé un cri et je me suis retournée pour courir vers la pelouse à l'avant de la maison.

Jack m'a suivie à petits pas, formant sa boule de neige et me laissant le temps de faire de même. J'étais nulle, et bien sûr, il visait parfaitement. La première m'a frappée en plein dans la poitrine, faisant exploser la neige froide sur mon cou et dans mon col.

« Oups, c'est froid ! »

J'ai couru vers lui au lieu de lancer ma boule et dès qu'il m'a prise dans ses bras, j'ai essayé de faire passer la boule de neige dans le col de sa veste. Nous nous sommes battus, en tombant au sol. Nous étions morts de rire et attrapions des poignées de neige, dont la plupart finissaient dans le visage de l'un avant qu'elles n'aient eu le temps de rentrer sous les vêtements de l'autre. Finalement, nous avons eu froid et étions affamés. L'envie d'un bon petit-déjeuner nous a fait rentrer en tapant nos bottes devant la porte. Jack m'a volé un autre baiser sous le gui et nous avons pénétré dans la chaleur de la maison. L'odeur du café, de la cannelle et des bûches de pin qui crépitaient dans la cheminée du salon ont provoqué une énorme vague de bonheur qui m'a envahie. C'était presque l'heure des cadeaux.

ONJOUR VOUS DEUX. Joyeux Noël !
Charlotte nous a fait un signe de tête en souriant et a soufflé sur son thé. Allez vous asseoir près de l'Aga. Réchauffez-vous avant d'échanger vos cadeaux.

— Joyeux Noël ! avons-nous répondu en chœur. Nous étions humides et frigorifiés après notre bataille de boules de neige.

Charlotte était superbe, comme toujours. Ses cheveux noirs étaient attachés en queue de cheval basse et même sans maquillage, elle était magnifique. Elle portait un pyjama à carreaux rouge, vert et bleu boutonné jusqu'au cou.

Jeff a quitté son siège près de l'Aga et nous a fait signe de nous asseoir. En véritable lève-tôt, il était déjà vêtu d'un jean usé et d'un pull de laine d'Aran crème.

— Allez. Asseyez-vous. Thé ou café ? Vous avez l'air gelés tous les deux. Heureux, mais gelés.

Heureux.

Tellement heureux.

Pour la première fois depuis mon enfance, j'ai ressenti un sentiment de plénitude. Je savais que je ne passerais pas Noël avec Joey, ni même avec Jazz. Nana était partie, et Mme Weaton avait été invitée par Paulie du Grill à passer Noël avec sa famille élargie à Okatie. Mais d'une certaine façon, sans même savoir à quel point j'en avais besoin, j'avais trouvé quelque chose de mieux que ce que j'avais imaginé. J'étais dans une famille. La famille de Jack. Jack comprenait-il la chance qu'il avait ? Parce que je me sentais très, très chanceuse.

— Du thé pour moi, s'il vous plaît. Je devenais accro à ce truc. J'avais une prédisposition pour le thé, étant originaire du sud, mais celui-ci était servi chaud, pas glacé, et je commençais à en avoir tout le temps envie.

— Café, a dit Jack. Merci.

Les cadeaux de Jack au cours des derniers jours étaient devenus un peu plus grandioses, mais j'avais confiance dans le fait qu'il ne sortirait pas une bague de fiançailles ce matin-là. Le lendemain de Hastings, il m'avait annoncé qu'il avait adopté une tortue de mer à mon nom au Sea Turtle Rescue Center de Jekyll Island, en Géorgie. Ensuite, il m'avait offert un bracelet en or avec une petite collection de breloques suspendues qui, selon lui, symbolisaient notre relation. Il y avait une tortue de mer, un minuscule morceau de verre dépoli et un pendentif circulaire sur lequel était estampillé J&KA. C'était si joli. Je l'adorais et je le porte presque tout le temps depuis.

Le lendemain, il m'a présenté une liasse de papiers attachés par un ruban de satin rouge. Avant de me laisser les défaire, il m'a fait asseoir devant la cheminée du salon avec une tasse de lait de poule au Brandy. Il m'a parlé de la maison de Max et de l'importance de transformer des maisons historiques en lieux de visite pour le voyageur moderne. C'était un passionné de rénovation, alors j'ai totalement adhéré à son intérêt pour le concept, même si j'ai été troublée par sa digression bizarre. Les papiers se sont avérés être les droits de gages pour la maison de la famille Butler. Jack les avait tous payés et les avait fait lever pour que nous puissions cesser de nous inquiéter de perdre la maison.

J'ai paniqué, comme il savait que je le ferais. Il m'a alors gentiment suggéré d'envisager un concept comme Max l'avait fait avec la maison de Hastings et de le considérer comme un investisseur. Ça m'a fait taire, car pendant que Max nous avait parlé, j'avais imaginé ce que ce serait de faire un jour la même chose avec la maison Butler. Jazz étudiait l'accueil et le commerce. Elle pourrait peut-être m'aider ? Mais comment mon frère Joey réagirait-il ?

Le jour du réveillon, Jack m'a offert des billets d'avion pour une île des Caraïbes. Apparemment, on partait à l'autre bout de l'océan pour le réveillon du Nouvel An. Ce cadeau était délicat, car même si ça avait l'air incroyable et que j'étais super excitée, je savais aussi que Max aurait adoré que Jack passe le Nouvel An au Pier Nine, à Hastings. Et je n'en étais pas sûre, mais je pensais que Charlotte et Jeff croyaient que nous allions rester.

Et cela nous amenait au cadeau d'aujourd'hui. Pour être honnête, je ne savais pas comment il pouvait faire mieux que de la neige à Noël. Charlotte a découpé un gâteau aux fruits dans un plat de service et a ajouté du beurre au brandy sur le côté.

— C'est normalement un dessert de fête, m'a-t-elle dit avec un clin d'œil. Mais je pense que le petit-déjeuner mérite un petit quelque chose de spécial aujourd'hui. De toute façon, nous avons les Eversea et Nigel qui viennent déjeuner, ainsi qu'un collègue de travail de Jeff qui a perdu sa femme cette année. La dinde est déjà dans le four et nous avons une tonne de nourriture. Donc il faut qu'on garde un peu de place. Pas d'*english breakfast* ce matin.

— Ça sent bon. J'ai inspiré profondément et j'ai amené mon assiette jusqu'au salon où nous nous sommes tous installés au coin du feu. Nos cadeaux étaient tous nichés sous les branches de l'élégant petit sapin de Noël, à côté de la cheminée.

Charlotte m'avait aidée ces derniers jours à mettre la dernière touche à mon cadeau pour Jack, tandis que Jeff l'avait enrôlé pour aider à reconstruire un côté du poulailler de Charlotte qui s'était affaissé. J'étais très impatiente de voir ce que Jack penserait de mon cadeau non conventionnel.

— Qui sera le père Noël ? a demandé Charlotte. Elle avait à la main un bonnet rouge garni de fourrure blanche.

J'ai donné un coup de coude à Jack.

— Je suppose qu'elle veut dire Santa. Il faut que je te voie avec ça.

— Pas question.

— Je vais le faire, a dit Jeff de manière officielle et il l'a enfilé. On ne rigole pas avec ça.

Une vision de Charlotte et Jeff en grands-parents de nos enfants m'a soudain prise par surprise. Je me suis souvenue des paroles de Jack lorsqu'il me faisait l'amour, et la chaleur a soudain envahi mon ventre. Mes entrailles se sont crispées sous l'effet de l'émotion, et mes yeux se sont mis à piquer. J'ai attrapé la main de Jack et l'ai serrée, ce qui l'a poussé à me regarder avec étonnement.

Ce qu'il a vu dans mes yeux l'a fait se tourner vers moi. Il a posé sa main sur ma joue tandis que je fixais ses yeux verts et que je me demandais comment ma vie avait pu se retrouver dans cette pièce, avec ces gens magnifiques, et tant d'amour et d'espoir que mon avenir semblait plein de promesses.

Jack m'a regardée comme s'il savait ce qui se passait dans ma tête. Comme s'il avait attendu que j'en arrive là. Puis il a posé son front sur le mien.

— Un jour, a-t-il chuchoté.

Charlotte s'est posée sur le fauteuil à oreilles, mais pas avant d'avoir mis la radio en fond sur des chants de Noël.

— Très bien, a dit Jeff en faisant glisser ses lunettes jusqu'au bout de son nez pour lire une étiquette cadeau sur un petit paquet. *Chère maman, Joyeux Noël, avec tout notre amour, Jack et Keri Ann.*

J'avais aidé Jack à emballer la magnifique écharpe, comme la mienne, mais en bleu gris doux. Jeff lui a tendu le paquet pour qu'elle l'ouvre.

— Oh, c'est magnifique, s'est écriée Charlotte en effleurant la matière exquise de sa joue. Cela lui allait merveilleusement bien. Jack, j'espère que ce n'est pas une espèce en voie de disparition, n'est-ce pas ? C'est encore plus doux au toucher que le cachemire. Il y a cet animal en voie de disparition dans l'Himalaya, le Sha quelque chose.

— Le *Shahtoosh*, l'antilope du Tibet. Maman, tu me connais mieux que ça. C'est de la vigogne. Tout est écoresponsable, je te le promets.

— Eh bien, merci. C'est magnifique.

Jeff reçut une paire de pantoufles doublées de fourrure et une robe de chambre, pour sa « retraite », de la part de Jack et moi. Mais personnellement, il reçut de ma part un petit livre cartonné amusant contenant les procès les plus fous jamais intentés en Amérique, qu'il a adoré et dont il n'a cessé de lire des extraits, si bien que Jack a dû prendre la relève du père

Noël. Comme prévu, il était très mignon avec son bonnet. Juste ce que je voulais pour Noël.

J'ai offert à Charlotte une décoration d'ange pour le sapin de Noël que j'avais faite à la main avec des coquilles d'huîtres blanchies, de la mousse espagnole et du verre dépoli. Elle l'a immédiatement accrochée et a gardé la boîte pour l'emballer soigneusement pour l'année suivante.

Jack m'a tendu un long tube pour affiche, son visage était si plein d'excitation que je n'ai pas pu m'empêcher de sourire.

« Pour Keri Ann », ai-je lu. Avec tout mon amour, Jack. »

J'ai déchiré le papier et ouvert l'extrémité du tube, faisant glisser le contenu enroulé. En les déballant, j'ai réalisé que j'avais devant moi des plans d'implantation, des dessins d'architecte et des documents juridiques.

— Qu'est-ce que c'est ? ai-je demandé, confuse.

Daufuskie Island, Lots 21 & 22, front de mer, projet de construction Butler-Eversea.

— Oh mon Dieu, ai-je crié. Nous étions follement amoureux de cette île et nous y avions déjà accumulé des souvenirs assez incroyables au cours des six derniers mois. Tu as trouvé un endroit sur l'île ? Tu vas faire construire ?

— *On* va faire construire, a-t-il précisé en souriant. C'est à nos deux noms et j'ai trouvé un architecte et lui ai donné certains de ces plans, mais j'ai besoin que tu conçoives ton propre atelier d'artiste.

— Oh putain, la vache ! Oups, désolée. J'ai grimacé en regardant Jeff et Charlotte, mais ils se sont contentés d'éclater de rire.

— Alors ? a demandé Jack. C'est une bonne ou une mauvaise nouvelle ?

— Bonne à une condition. Jeff et Charlotte doivent

promettre tout de suite de venir nous voir dès que ce sera terminé.

— Bien sûr, a répondu Charlotte.

— Je ne voudrais pas rater ça, a ajouté Jeff en souriant.

Jack fait un petit sourire.

— Alors ça te plait ? Je n'ai pas manqué de voir son air inquiet. Ce n'était pas une bague de fiançailles. C'était un avenir encore plus extravagant et contraignant. Et cela signifiait qu'il s'installe dans la Lowcountry et qu'on soit ensemble. J'ai jeté mes bras autour de son cou, faisant tomber le chapeau de père Noël.

— J'adore !

* * *

JACK A CHOISI un paquet carré et épais sous le sapin. Le paquet que j'avais soigneusement déposé là la veille.

— Pour moi. Il a levé les yeux vers moi. De ta part.

— Ouais. J'étais nerveuse. Je n'avais aucune idée de ce que je pouvais offrir à Jack qui soit significatif pour lui. Trouver des cadeaux pour les gens avait toujours été difficile. Mais pour Jack ? C'était impossible. Si ce mec voulait quelque chose, il l'achetait.

Il l'a apporté et s'est assis à côté de moi pour déchirer l'emballage bleu et argent. En retirant le papier, il a révélé un album épais. Je voyais bien qu'il était surpris. Surtout quand il a ouvert la première page et qu'il a vu un article de tabloïd avec les mots « Où est Jack ? ». Il datait de plus d'un an, en plein milieu de son scandale avec Audrey. Il s'est crispé à côté de moi, les sourcils froncés. Je sentais que Charlotte l'observait prudemment à l'autre bout de la pièce.

— Qu'est-ce que c'est ? a-t-il demandé, la voix étrangement rauque.

— Continue, ai-je chuchoté. Il a tourné la page à l'endroit où j'avais collé une feuille de papier soigneusement écrite à la main, et ses yeux ont parcouru mon écriture :

Devant moi se tenait le plus bel homme que j'aie jamais vu au cours de mes vingt-deux années sur cette planète. Ses cheveux brun foncé et brillants, ébouriffés par sa casquette, se dressaient par endroits et encadraient un visage aux traits ciselés, avec des yeux de la couleur de...

Eh bien, je ne pouvais pas vraiment déterminer la couleur de ses yeux dans l'ombre, mais je savais exactement de quelle couleur ils étaient, un gris vert profond. Je n'étais pas sur une île déserte ces cinq dernières années. Et je n'avais certainement pas besoin de retourner voir le magazine à sensation que Jazz lisait, et qui ne lui rendait certainement pas justice, pour savoir que devant moi, Keri Ann Butler, à l'extérieur du Snapper Grill de Butler Cove, neuf mille habitants, et à des centaines de kilomètres de là où il était sensé être, à Hollywood, se tenait Jack Eversea.

— Je ne comprends toujours pas.

— Continue, s'il te plaît.

Jack a souri en se forçant un peu. Ensuite, il y avait encore plus d'articles, mais cette fois, j'avais ajouté à la période une note qu'il m'avait laissée et la liste de courses qu'il m'avait envoyée par SMS et que j'avais saisie à l'écran et imprimée. Le tout était suivi d'autres textos de nos marivaudages.

Puis, le jour de la déclaration d'Audrey sur sa rupture avec Jack, j'avais collé une copie du reçu qu'il avait payé pour faire refaire les sols chez moi, suivie d'une note manuscrite dont j'ai rougi à la lecture, décrivant notre premier baiser et nos premiers moments intimes.

Jack était pâle et déglutissait souvent. Mais il a continué à tourner les pages et à lire. J'avais mis les articles sur le fait qu'il avait été vu à Savannah avec Audrey, ce qui était un moment douloureux pour nous deux. Et pour ces pages, j'avais mis des souvenirs personnels de Jack. J'avais écrit au sujet de ma conversation avec mon frère et ses réflexions sur la façon dont Jack me regardait.

Comme si tu étais le dernier hélico à quitter Bagdad, la dernière perfusion de l'hôpital de campagne, le dernier gâteau à la foire...

Je sais juste que d'après la façon dont il te regardait, il reviendra un jour.

Il y avait des écrits sur une altercation épouvantable entre Jack et Audrey, et sur le licenciement de l'agent de Jack. Je parlais de mon anniversaire, de Devon et de ce que j'avais ressenti en le rencontrant. Mon inquiétude pour Jack et ce que son agent et Audrey avaient bien pu faire pour le blesser. La peur que Jack ne revienne pas, que ce que j'avais ressenti soit le fruit de mon imagination.

C'était douloureux, surtout quand j'en arrivais aux passages où il était en Angleterre et où il y avait des photos de lui avec des filles de passage. J'avais mis mon âme à nu en décrivant le jour où je m'étais torturée pendant des heures à chercher des photos de lui sur Internet et comment Jazz avait arraché la prise de la box du mur.

Jack est resté silencieux, feuilletant notre histoire intimement personnelle, sa main tremblant légèrement, apprenant des choses sur nous, sur moi, qui modifiaient les souvenirs capturés par les tabloïds.

Mais j'avais aussi trouvé, grâce à Charlotte, quelques articles moins diffusés sur son travail sur le film en cours et sur le fait qu'il était question d'une nomination à un prix. Par un incroyable coup du sort, le jour même où ces articles avaient été publiés, j'avais reçu ma lettre d'acceptation à la SCAD. Je l'avais collée à côté.

Je sais que je vais penser à Jack tous les jours du reste de ma vie. Il m'a changée. Il m'a donné envie d'en avoir plus. Il m'a donné envie d'être plus. Ce sont de bonnes choses. Je m'y accroche.

J'ai parlé de Colt qui m'avait demandé de sortir avec lui.

Colt me rend heureuse. Il me fait rire. Qu'est-ce qui ne va pas chez moi ? Est-il encore trop tôt, ou est-ce parce que Jack Eversea est un feu qui brûle plus fort que le soleil, et que j'ai été brûlée sans espoir de guérison ?

J'avais collé l'invitation à participer à l'exposition d'été des artistes du Sud au Westin sur l'île de Hilton Head. Et j'avais collé quelques photocopies du journal de Jack qu'il m'avait montré. Sur la page suivante, il y avait une photo que j'avais prise de lui faisant du cheval torse nu sur la plage, et une photo de moi que j'avais volée dans son téléphone le même jour.

Le jour où l'histoire dingue de la fausse couche d'Audrey avait été révélée, j'avais ajouté l'article sur la vente aux enchères et comment Jack s'était retrouvé dans une bataille d'enchères pour l'œuvre d'une étudiante. Moi.

Et puis il y avait les photos de nous deux dans les tabloïds, certaines avec des titres moins savoureux. Pour chacune d'entre elles, j'avais écrit une petite anecdote sur ce que nous faisions le jour où elles avaient été publiées. Des choses drôles ou belles que Jack m'avait dites et dont je me souvenais, ou des billets pour des sorties que nous avions faites, un prospectus pour la location du chalet sur Daufuskie où nous essayions toujours de voler des moments ensemble.

Même si je savais que Jack en avait une copie, j'ai ajouté l'article que la journaliste Shannon Keith avait écrit sur lui et moi et comment nous nous étions rencontrés. Les dernières photos étaient de nous à l'aéroport d'Atlanta et à Heathrow où nous avions atterri et où les affreux photographes nous avaient crié des choses dégoûtantes. J'avais collé nos cartes d'embarquement et j'avais écrit *Le premier vol de Keri Ann à travers l'océan* et *Le jour où Keri Ann a appris ce que signifie le mot bécoter.* Il y avait une carte postale de Hastings et enfin un croquis au crayon de couleur d'un taureau poursuivant un garçon et une fille avec un foulard rouge.

Tu es mon étoile, avais-je écrit, *je te suivrais partout.*

Il restait encore des pages à remplir. Je n'avais même pas mis ma première expérience de la neige.

La pièce était mortellement silencieuse, et j'ai réalisé que Jeff et Charlotte étaient partis. Jack tenait toujours le livre, ses jointures étaient blanches et il fixait la dernière page sans que je puisse voir l'expression de son visage.

Merde.

Le cœur battant à tout rompre, j'ai ravalé un peu de salive et j'ai glissé du canapé pour m'agenouiller devant lui.

— S'il te plaît, dis quelque chose. J'étais à peine capable d'articuler quoi que ce soit.

— Je ne peux pas, a chuchoté Jack, fixant toujours le livre. Puis il l'a soigneusement fermé et l'a posé à côté de lui. Sa pomme d'Adam a rebondi dans sa gorge et ses narines se sont dilatées. Une artère battait visiblement sur sa tempe, et j'ai compris qu'il essayait de se calmer. Il a levé la tête et ses yeux étaient vifs et grand ouverts, le vert lumineux comme jamais. Ils exprimaient l'émerveillement, l'amour, des milliers de choses que je ne pouvais pas nommer.

Il a tendu le bras et a pris mon visage entre ses mains chaudes et rugueuses.

— Toi, a-t-il dit dans un murmure étouffé, en secouant légèrement la tête. Quelques instants se sont écoulés pendant lesquels nous nous sommes regardés l'un l'autre, et il n'a rien dit de plus. Puis son pouce a effleuré mes lèvres. Tu fais... de chaque instant de ma vie... une merveille, a-t-il fini par dire.

Prochainement, vous pourrez lire de leur mariage dans
« MARIAGE SUR LA PLAGE » en 2022.

J'adore avoir des nouvelles des gens :
Allez faire un tour sur :
www.natashaboyd.com/france
Inscrire ici pour vous abonner à *New Release News*
http://eepurl.com/gQOZNz

* * *

Ou pour m'envoyer un message:

Suivez-moi sur Twitter :
@lovefrmlowcntry (https://twitter.com/lovefrmlowcntry)

Tag et Suivez-moi sur : Instagram @authornatashaboyd

Suivez-moi sur pinterest.com/lovefrmlowcntry
Aimez ma page sur : facebook.com/authornatashaboyd

Merci!

A PROPOS DE L'AUTEUR

Natasha Boyd est titulaire d'une licence ès sciences en psychologie. Elle a vécu en Espagne, en Afrique du Sud, en Belgique, en Angleterre et a écrit la plupart des romans situés à Butler Cove alors qu'elle résidait avec son mari et ses deux garçons sur Hilton Head Island, Caroline du Sud, aux États-Unis — avec de la mousse espagnole, des alligators et des moustiques de la taille de petits oiseaux. Elle partage maintenant son temps entre la "Lowcountry" et Atlanta, Géorgie.

NOTES

UN

1. Le ice bucket challenge, populaire pendant l'été 2014, est un défi consistant à se renverser ou se faire renverser un seau d'eau glacée sur la tête puis à inviter un ou plusieurs amis à reproduire ce geste.
2. Tradition anglo-saxonne, sorte de calendrier de l'avent et après Noël.

QUATRE

1. Diminutif de Wellington boots, marque célèbre de bottes en caoutchouc.